GU RATGEBER KINDER

INES ALBRECHT-ENGEL
DR. MED. MANFRED ALBRECHT

Geburt vorbereiten
und bewusst erleben

- Wo und wie soll unser Kind geboren werden
- Wissenswertes aus Schul- und Alternativmedizin
- Wie der Partner unterstützen kann

G|U

Inhalt

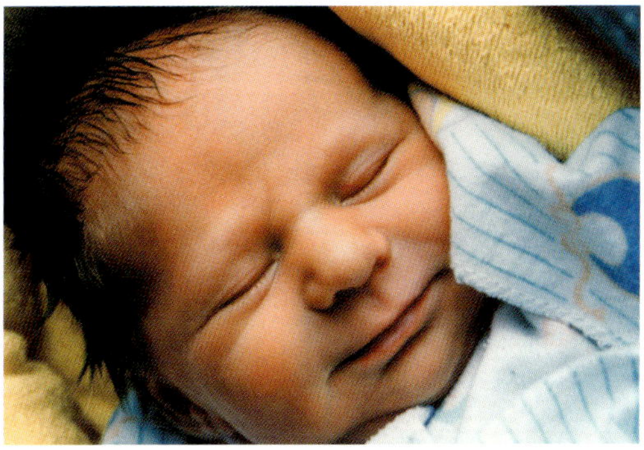

Ein Wort zuvor

Ihre Schwangerschaft nähert sich dem Ende. Das große Ereignis Geburt steht bevor, und Sie möchten für Ihr Kind und für sich möglichst optimale Bedingungen schaffen. Mit diesem Buch wollen wir Ihnen helfen, sich auf einem ganz neuen, vermutlich noch ziemlich ungewohnten Gebiet zurechtzufinden.

Früher waren es die Mütter und Großmütter, die ihren Töchtern mit Rat und Tat zur Seite standen und ihnen sagten, was während der Schwangerschaft und der Geburt das Richtige für sie ist. Heute haben Hebammen, Mediziner und Ratgeber diese wichtige Funktion übernommen. Das, was zu Zeiten unserer Mütter noch als richtig angesehen wurde, gilt heute oftmals nicht mehr. Vor allem aber kommen ständig neue Erkenntnisse und Wahlmöglichkeiten hinzu, mit denen werdende Eltern konfrontiert werden – von der Pränataldiagnostik bis zur Periduralanästhesie. Die Generation unserer Mütter und Großmütter hat all das noch nicht so selbstverständlich erlebt. Erspart geblieben ist ihnen der Druck, sich für oder gegen eine bestimmte Maßnahme entscheiden zu müssen, und damit auch die Verunsicherung, die mit einer solchen Entscheidungsfindung einhergeht.

Damit Sie im Dschungel der unterschiedlichen Möglichkeiten nicht die Orientierung verlieren, werden Ratgeber wie der vorliegende geschrieben. Allerdings wollen wir Sie nicht mit Ratschlägen überschütten, denn eigentlich brauchen Sie nicht allzu viele Vorkenntnisse, um Schwangerschaft und Geburt positiv zu erleben und das heranwachsende Leben zu schützen.

Wir möchten Ihnen mit Hilfe dieses Buches all die Informationen an die Hand geben, die Sie benötigen, um für sich zu entscheiden, welche Geburtsmöglichkeiten für Sie in Frage kommen. Schwangerschaft und Geburt fordern vor allem eines von Ihnen: offen zu sein für das, was auf Sie zukommt – und das kann mitunter ganz anders sein, als Sie es sich vorgestellt oder gewünscht haben.

Treffen Sie also Ihre persönliche Entscheidung, zum Beispiel im Hinblick auf den Geburtsort, aber lassen Sie sich auch die anderen Möglichkeiten offen, damit Sie nicht allzu enttäuscht sind, wenn es nicht so kommt, wie erträumt. Wir wünschen Ihnen ein positives Geburtserlebnis und viel Freude mit Ihrem Baby!

Ines Albrecht-Engel Dr. med. Manfred Albrecht

Das Wunder der Geburt

Die Geburt eines Kindes ist wie eine Naturgewalt – ein überwältigendes, elementares Ereignis, das Ihr Körper und Ihr Kind gemeinsam vollbringen. Jede Geburt ist einzigartig und kann mit nichts anderem verglichen werden. Und obwohl es tagtäglich geschieht, ist es doch jedes Mal ein kleines Wunder, wenn ein neuer Mensch geboren wird.
Auch für Sie als Vater ist die Geburt ein Erlebnis, das Sie Ihr ganzes Leben nicht vergessen werden.

Geburt ist Veränderung

Schwangerschaft, Geburt und die frühe Elternzeit sind umwälzende Ereignisse im Leben jeder Frau und jeden Paares. Beim ersten Kind gibt es unendlich viele Fragen. Werde ich meinem Kind eine gute Mutter, ein guter Vater sein? Was kommt alles auf uns zu? Werden wir der Verantwortung gewachsen sein? Wie sieht unsere gemeinsame Zukunft aus? Ihr Leben, das bisher von Beruf, Zweierbeziehung und Freizeit bestimmt war, dieses Leben wird sich von Grund auf ändern, es bekommt einen neuen Mittelpunkt – Ihr Kind. Wie grundsätzlich die Veränderungen sein werden, das erfahren Sie erst, wenn Ihr Baby geboren ist und Ihr gesamtes Leben auf den Kopf stellt. Doch erst einmal steht die Geburt an. Die Gedanken kreisen um dieses einschneidende Ereignis: den Lebensbeginn Ihres Kindes. Es wird das schwerwiegendste und zugleich faszinierendste Erlebnis Ihres bisherigen Lebens sein. Die Gedanken an die Geburt sind immer zwiespältig: Auf der einen Seite fühlen Sie die große Spannung und Vorfreude auf Ihr Baby, auf der anderen fürchten Sie sich vor den Schmerzen und den Konsequenzen der Geburt. Vielleicht haben Sie auch Angst, dass Ihr Kind nicht gesund sein könnte.

Momente großen Glücks – die Geburt eines Kindes.

Ein Menschenkind wächst neun Monate lang im Bauch der Mutter heran. Es kann sich dort optimal entwickeln – es fehlt ihm an nichts. Doch irgendwann muss es diesen wunderbar warmen, sicheren Ort verlassen. Das ist der zwingende Abschluss seines vorgeburtlichen Daseins. Die Gebärmutter bietet ihm nicht mehr ausreichend Platz und nicht mehr genügend Nahrung. Ein neues Leben beginnt. Drei Menschen werden in diesen wenigen Stunden neu geboren: Ihr Kind, Sie als Mutter und Ihr Partner als Vater.

Geburt – ein bedeutendes Ereignis

Immer ein Grund zum Feiern

Zu allen Zeiten und in jeder Ecke unseres Erdballs waren und sind sich die Menschen über die herausragende Bedeutung von Geburt im Klaren – und alle wissen um die zwiespältigen Gefühle, die mit dieser Erfahrung einhergehen. Geburt ist immer und überall etwas Besonderes und Bedrohliches zugleich, sie ist aber auch ein fröhliches gesellschaftliches Ereignis.

Mütter werden geehrt

Die Wertschätzung, die Frauen erfahren, die geboren haben, ist – außer in den westlichen Industrienationen – überall auf der Erde sehr hoch. Schon immer war sich die Menschheit bewusst, wie bedeutsam der Einfluss der Mutter auf das ungeborene Kind ist und wie wichtig es daher ist, dass diese sich wohl fühlt und von allen Mitgliedern der Gesellschaft unterstützt wird. Viele Zeremonien und Abwehrzauber haben das alleinige Ziel, der werdenden Mutter und dem Kind Glück zu bringen und beide gesund zu erhalten.

Werdende Eltern haben es nicht immer leicht

Auch unsere Gesellschaft unternimmt allerlei Anstrengungen, damit Mutter und Kind wohlbehalten und gesund sind. Doch bei uns liegen fast alle diese Bemühungen im medizinischen Bereich. Die Geburtsmedizin entwickelt ständig neue Kontrollmethoden und Eingriffe, die Schwangerschaft und Geburt noch sicherer machen sollen. Trotzdem entsteht der Eindruck, dass schwangere Frauen noch nie so verunsichert waren wie heute. Die Fülle des medizinischen Angebots verwirrt viele Frauen. Sie fühlen sich allein gelassen mit der Entscheidung für oder gegen bestimmte Maßnahmen. Hinzu kommt, dass Mutterschaft in Deutschland und in anderen Industrienationen schon lange nicht mehr selbstverständlich ist. Erwerbstätigkeit und Familie zu vereinbaren, das ist in keinem Land schwieriger als in Deutschland – nicht nur für die Mütter, sondern auch für die Väter, die heute mehr von ihren Kindern haben wollen als früher. Das »Klima« ist hierzulande nicht gerade günstig, um Kinder in die Welt zu setzen. Das sieht man allein schon an den extrem niedrigen Geburtenzahlen.

Rückläufige Geburtenzahlen

Mangelnde gesellschaftliche Anerkennung

Weiblichkeit und die Fähigkeit, Kinder auszutragen und zu gebären, gehören nicht gerade zu den Errungenschaften, auf Grund derer Frauen gesellschaftliche Anerkennung zuteil wird. Gefordert sind vielmehr Durchsetzungskraft und ein knabenhaftes Aussehen, das die weiblichen Körperformen eher verleugnet. Die Brust wird als Sexsymbol betrachtet, nicht als Lebens- und Nahrungsquelle für einen Säugling. Im Berufsalltag passen Frauen sich den männlichen Arbeitsstrukturen an: Sie funktionieren, ohne Rücksicht auf den weiblichen Zyklus.

Eine großartige Leistung

In der Schwangerschaft und erst recht während der Geburt erleben Frauen ihren Körper und dessen Kraft auf eine ganz neue, faszinierende Weise. Viele Frauen können das genießen und sehen darin eine urweibliche Kraft: Schwanger sein, ein Kind gebären und stillen, das können nur Frauen. Doch nicht alle sind darauf stolz. Sie überhören ihre körperlichen Signale und Bedürfnisse, um im Job nicht »aus der Rolle zu fallen«. Wenn daraus dann eine Überforderung wird, reagiert der Körper, zum Beispiel mit vorzeitigen Wehen.

Doch Frauen sind gut: in der Ausbildung und im Beruf – nicht zuletzt wegen ihrer sozialen Kompetenzen. Sehen Sie es doch positiv und addieren Sie Ihre körperlichen Fähigkeiten zu den übrigen hinzu.

Wenn Sie Vertrauen in Ihren Körper haben, wird die Geburt eine Herausforderung für Sie sein, der Sie sich gern stellen werden.

Ein Wort an die Väter

Auch Väter, werdende und erst recht »frisch gebackene«, haben es heute nicht leicht. Fast alle jungen Väter stellen den Anspruch, mehr von ihren Kindern mitzubekommen als die Generationen vor ihnen. Sie möchten das Heranwachsen ihrer Kinder bewusst erleben und sie wollen sich die Erziehungs- und Hausarbeit mit ihrer Partnerin teilen. Auf der anderen Seite fordert die Arbeitswelt von den meisten Vätern einen intensiven, auch hohen zeitlichen Einsatz, dem sie sich nicht entziehen können. Wenn die Partnerin nach der Geburt vorübergehend nicht erwerbstätig ist, empfinden die Männer als Hauptverdiener einen zusätzlichen Druck hinsichtlich ihrer Verantwortung gegenüber der Familie. Häufig scheitern sogar langjährige Beziehungen daran, dass die Ansprüche und Erwartungen beider Partner im realen, alltäglichen Zusammenleben nicht umgesetzt werden können.

Zwischen allen Stühlen

Elternzeit auch für Väter

Nutzen Sie die Möglichkeit, als Vater Erziehungsurlaub zu nehmen, und gönnen Sie sich das Erlebnis, die erste aufregende Zeit mit Ihrem Baby hautnah mitzubekommen. Versuchen Sie, sich mit Ihrer Partnerin abzuwechseln, und lassen Sie sich nicht von Ihrem Arbeitgeber oder Ihren Kollegen unter Druck setzen. Nur, wenn immer mehr Väter ihre Rechte in Anspruch nehmen, wird es langfristig möglich sein, Familie und Arbeitsleben unter einen Hut zu bekommen – und zwar für beide, für Mutter und Vater.

Noch immer nicht selbstverständlich

Wenn Sie aus beruflichen Gründen viel unterwegs sind oder einen zeitintensiven, aufreibenden Job haben, dann nutzen Sie die wenigen freien Stunden mit Ihrer Familie. Entlasten Sie Ihre Partnerin, wo Sie nur können, und beschäftigen Sie sich ausgiebig mit Ihrem Nachwuchs. Möglicherweise gehören Sie ohnehin zu den Vätern, die das Zusammensein mit ihrem Kind als Entspannung und wichtigen Ausgleich zum anstrengenden Job sehen. Versuchen Sie ganz einfach, neue Wege zu gehen, die Sie alle drei zufrieden stellen. Statt sich abends in den Sessel zu setzen oder alleine wegzugehen, kann ein gemeinsamer Spaziergang mit dem Kind im Kinderwagen oder in der Tragehilfe ein ebenso befriedigender und vor allem gesünderer Ausgleich für Sie sein. Sie umgehen damit auch die angespannte Situation, die durch ein unruhiges Baby oft in den Abendstunden entsteht. Ihr Baby wird zufriedener sein, wenn es gefahren oder getragen wird – und mit Ihnen zusammen ist. Probieren Sie es doch einfach aus, wie Sie eine schöne, gemeinsame Zeit verleben können.

Väter sind keine Statisten

Herzlichen Glückwunsch!

Wir möchten Ihnen ganz herzlich gratulieren, dass Sie es trotz aller Schwierigkeiten wagen, Eltern zu werden! Und wir können Ihnen versichern, dass sich die Entscheidung für ein oder mehrere Kinder trotz aller Mühen und Einbußen lohnt. Schon sehr bald (spätestens in ein paar Jahren) werden Sie sich ein Leben ohne Kind oder Kinder nicht mehr vorstellen können. Ihr Kind wird Ihnen Freude und Frust bereiten, aber Sie werden es lieben – so wie es ist.

Kinder gehören dazu

Geburt – Tor zu neuem Leben

Das gemeinsame Leben mit Ihrem Kind liegt vor Ihnen wie hinter einer Zaubertür, die erst geöffnet werden muss. Die Geburt ist der magische Schlüssel, mit dessen Hilfe sich die neue Welt auftut. In den Monaten der Schwangerschaft haben Sie sich sicher immer wieder gefragt, wie sich diese Tür wohl öffnen wird: langsam und bedächtig oder aber so schwer, dass Sie es aus eigener Kraft nicht schaffen? Vielleicht fliegt sie mit einem lauten Knall auf – und Sie schauen irritiert durch die plötzliche Öffnung. Auf jeden Fall ist es sehr spannend. Im Vergleich dazu, wie lange es gedauert hat, zu der Tür zu gelangen, und der Zeitspanne, die Sie in dem neuen Land hinter der Tür verbringen werden, öffnet sich die Türe sehr schnell. Trotzdem erscheint vielen Müttern diese relativ kurze Zeitspanne endlos und kaum zu bewältigen. Zu viel verändert sich in diesen wenigen Stunden.

Der große Augenblick rückt näher. Was wird die Zukunft bringen?

Das große Erlebnis – der große Schmerz

Die Angst vor der Geburt ist untrennbar verbunden mit der Angst vor den Schmerzen. Vor Schmerzen, von denen wir wissen, dass sie nur kurz andauern und dass sie einen sinnvollen Zweck erfüllen. Liegt es daran, dass die Menschen in unserer Kultur kaum noch Schmerzen aushalten müssen? Sind wir es von Kindheit an gewöhnt, Schmerzen mit Hilfe von Tabletten zu unterdrücken? Wenn Sie bereits ein Kind haben, wissen Sie, wie schwer es liebenden Eltern fällt, ihr Kind leiden zu sehen. Wir haben nur ein Bestreben: unseren Kindern jedes Leid zu ersparen. Das war schon der Wunsch unserer Eltern und das will der Zahnarzt, wenn er uns eine Spritze gibt. Auch die Pharmaindustrie hat ein berechtigtes Interesse, uns Schmerzen zu ersparen. Daneben gibt es viele Menschen, die andere, alternative Wege einschlagen, mit Schmerz umzugehen. Doch am einfachsten und am bequemsten ist es, Schmerzen mit Medikamenten zu bekämpfen.

Eine Geburt ohne Schmerzen gibt es nicht

Diese Einstellung wird auch auf die Geburt und den Geburtsschmerz übertragen. Das liegt nicht zuletzt daran, dass Schwangerschaft, Geburt und Wochenbett bei uns immer mehr pathologisiert werden. Vor allem Mediziner haben den Drang, diesen an sich natürlichen Vorgang zu kontrollieren und zu optimieren.

Die Entwicklung der Geburtshilfe

Die Bestrebungen, den Geburtsvorgang zur »Arztsache« zu erklären, haben in den 70er Jahren dazu geführt, dass Geburten in hohem Maße eingeleitet wurden und fast alle Frauen Schmerz- und Betäubungsmittel verordnet bekamen. Am schlimmsten aber war, dass die Kinder von ihren Müttern ferngehalten wurden: die ersten 24 Stunden nach der Geburt fast vollständig, danach wurden sie den Müttern nur alle vier Stunden zum Stillen gebracht.

Auch damals hätte man wissen müssen, welch großen Einfluss die ersten Lebenstage auf die Bindung zwischen Mutter und Kind haben. Doch die Institution Krankenhaus hielt an ihren starren Regeln fest. Die Mutter wurde damals als »unhygienisches« Wesen betrachtet. Sie musste Hände und Brust sterilisieren, bevor sie ihr Baby in den Arm nehmen durfte. Der Vater musste sogar hinter einer Glasscheibe stehen, wenn er sein Kind sehen wollte – kaum vorstellbar.

Vieles hat sich geändert

Krankenhäuser haben dazugelernt

Damals merkten die Mütter und Väter, was ihnen da vorenthalten wurde. Sie spürten, das kann nicht richtig sein. Eine Gegenbewegung setzte ein: Rooming-In, Väter in die Kreißsäle, Stillen nach Bedarf, Hausgeburt, aufrechte Gebärpositionen, »sanfte« Geburt – alles das wurde gefordert und innerhalb weniger Jahre durchgesetzt.

Nicht nur viele werdende und junge Eltern waren unzufrieden mit der gängigen Praxis, es gab auch Hebammen und Ärzte, die mit dieser Geburtsmedizin nicht (mehr) einverstanden waren. Alle zusammen haben den Druck auf die Krankenhäuser verstärkt und die Veränderungen bewirkt. In dieser Zeit wurde auch das erste Geburtshaus gegrün-

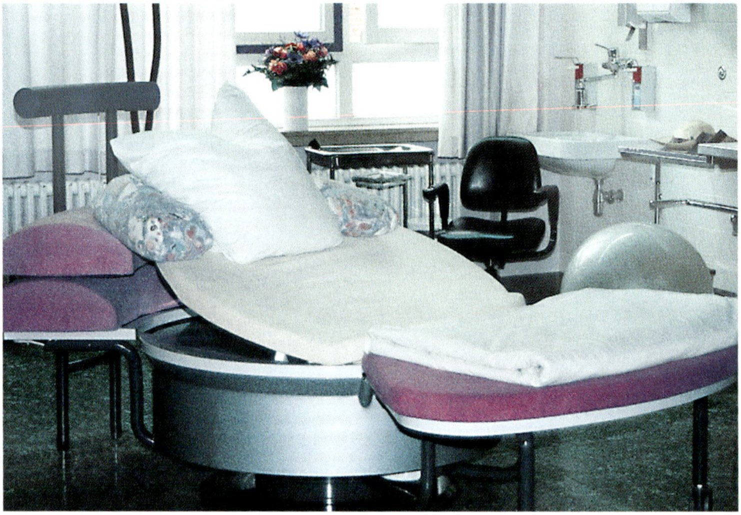

Viele Kliniken verfügen heute über wohnliche oder auch moderne Kreißsäle.

det. Mittlerweile herrschen fast überall andere Bedingungen als vor 20 Jahren. Aufgrund rückläufiger Geburtenraten sind die Krankenhäuser gezwungen, sich mehr nach den Wünschen der Kunden, sprich nach Ihnen, zu richten. Sie können wählen, tun Sie es!

Die Qual der Wahl

Die Natur hat es sehr weise eingerichtet, ein Kind im Körper seiner Mutter, geschützt vor äußeren Einflüssen, heranwachsen zu lassen. Und sie hat dafür gesorgt, dass der weibliche Körper mit allem ausgestattet ist, was er braucht, um ein Kind zu gebären. Dennoch gibt es einiges zu bedenken – viele Möglichkeiten stehen Ihnen als werdenden Eltern offen. So können Sie entscheiden, wie Sie die Zeit der Schwangerschaft gestalten wollen und in welchem Rahmen die Geburt ablaufen soll. Lassen Sie sich dabei nicht verrückt machen, sondern vertrauen Sie Ihrem Körper und dessen Fähigkeit, schwanger zu sein und eine Geburt aus eigener Kraft zu bewältigen. Die medizinische Vorsorge kann zwar zusätzliche Sicherheit vermitteln, doch oftmals bewirken medizinische Untersuchungen mit unklaren Ergebnissen genau das Gegenteil: sie verwirren und verunsichern. Auch die moderne Medizin ist nicht immer in der Lage, alles zu erklären und Ihnen letztendliche

Sie schaffen das!

Der Körper signalisiert, was er braucht

Sicherheit zu geben. Darum ist es wichtig, in erster Linie auf sich selbst zu hören – auf die Signale des eigenen Körpers – vor allem dann, wenn Sie das Gefühl haben, dass etwas nicht stimmt. Auch wenn es nur so eine vage Empfindung ist, sprechen Sie mit Ihrer Hebamme oder Ihrem Arzt darüber. In der Regel haben Mütter ein untrügliches Gespür dafür, wenn etwas nicht in Ordnung ist.

WICHTIG

Dem eigenen Körper vertrauen

Nicht umsonst können die meisten Frauen in der Schwangerschaft keinen Kaffee riechen oder es wird ihnen von Zigarettenrauch und Alkohol übel. Damit will Ihnen Ihr Körper signalisieren: »Lass die Finger davon, das schadet deinem Kind!« Er weiß, was Ihnen jetzt gut tut und was nicht. Hören Sie auf ihn.

Körperliche Höchstleistung

Auch wenn Sie es sich jetzt noch nicht vorstellen können, Sie werden es erleben: Ihr Körper passt sich ohne Unterstützung von außen den jeweiligen Erfordernissen der Geburt an: Er produziert alle geburtsfördernden Hormone, wird weich, nachgiebig und öffnet sich für das neue Leben. Außerdem stellt er seine eigenen Schmerzmittel her – die Endorphine, und er produziert Glückshormone für die entscheidenden Momente nach der Geburt, in denen Sie und Ihr Baby sich gegenseitig kennen lernen. Im Kapitel »Rund um die Geburt« werden wir darauf noch eingehen. Wenn wir uns bewusst machen, dass der Ablauf einer Geburt bei Säugetieren und somit auch beim Menschen millionenfach erprobt und an jeweils neue Verhältnisse wie den aufrechten Gang angepasst wurde, dann verstehen wir auch, dass hier ein biologisches Programm abläuft. Ohne dass Sie darüber nachdenken müssen, schüttet Ihr Körper die passenden Hormone zur richtigen Zeit aus und sorgt auf diese Weise dafür, dass die Geburt voranschreitet. Das ist das Wunder der Natur! Dieser natürliche Prozess darf weder gestört noch durcheinander gebracht werden. Darum ist der Ort der Geburt und die Art der Geburtshilfe so wichtig: Frauen müssen sich vertrauensvoll den begleitenden Personen überlassen können und sich am Geburtsort sicher und geborgen fühlen.

Ein Wunder, das sich täglich aufs Neue ereignet

Die moderne Geburtsmedizin

Obwohl die Natur den Vorgang der Geburt so optimiert hat, dass er im Regelfall sicher und ohne nennenswerte Störungen abläuft, gibt es doch immer wieder Ausnahmen. Es können Situationen eintreten, die für die Mutter oder das Kind lebensbedrohlich sind. In diesen Fällen ist es ein Segen, die moderne Geburtsmedizin zur Verfügung zu haben. Sie sollte allerdings nur dann zum Einsatz kommen, wenn der natürliche Ablauf so weit gestört ist, dass er mit natürlichen Mitteln nicht wieder in ruhige, normale Bahnen gelenkt werden kann. Auch wenn es dem Baby vor oder während der Geburt nicht gut geht und die Geburt operativ beendet werden muss, hat die Geburtsmedizin ihre Berechtigung. Die niedrige Säuglingssterblichkeit und erst recht die niedrige Müttersterblichkeit zeigen deutlich die Erfolge der westlichen Geburtsmedizin im letzten Jahrhundert.

Im Notfall unverzichtbar

Probleme hausgemacht

Die zahlreichen Vorteile der modernen Medizintechniken machen es schwer, gegen deren routinemäßigen Einsatz zu argumentieren. Frauen und Paare, die sich für eine Hausgeburt oder ein Geburtshaus entscheiden, sehen für sich oft eher die Nachteile der Apparatemedizin.

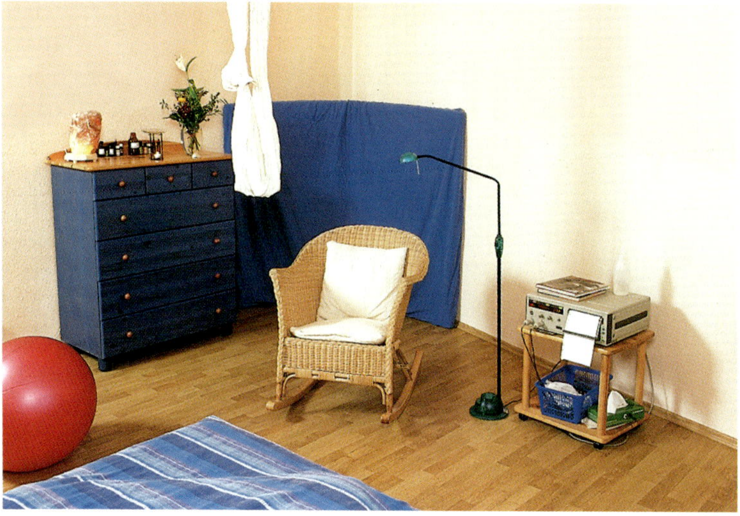

Im Geburtshaus können Frauen sich geborgen und umfassend betreut fühlen.

Nachteile der modernen Geburtsmedizin

- Zu viele, auch unnötige Geburtseinleitungen haben mitunter lange und schwierige Geburten zur Folge.
- Die laufende Herztonüberwachung (Dauer-CTG) schränkt nicht nur die Bewegungsfreiheit der Frauen während der Geburt ein, sondern führt aufgrund falscher Interpretationen und irrtümlichem Fehlalarm oft zu überflüssigen Kaiserschnitten.
- Grundsätzlich wird heute in fast allen Kliniken zu schnell geschnitten, wie die hohe Kaiserschnittrate zweifelsfrei belegt.
- Noch höher ist die Rate der Dammschnitte in deutschen Kliniken. Auch hier wird zu häufig und zu schnell zur Schere gegriffen.
- Wechselndes Personal während der Geburt verhindert, dass eine intime Atmosphäre aufkommt.
- Die erste Zeit nach der Geburt wird häufig durch die Krankenhausroutine gestört. Auch das Wochenbett erleben viele Frauen erholsamer zu Hause ohne ständige Störungen, wie sie in der Klinik nicht immer zu umgehen sind.

Medizinische Maßnahmen nicht immer notwendig

Entscheiden müssen Sie selber

Sicherheit für Mutter und Kind

Nach wie vor entscheidet sich die Mehrzahl aller Frauen für eine Geburt im Krankenhaus – nur knapp zwei Prozent aller Geburten findet außerhalb einer Klinik statt. Mit den jederzeit verfügbaren Überwachungs- und Eingriffsmöglichkeiten fühlen sich die meisten Frauen im Krankenhaus am sichersten. Viele von ihnen denken dabei weniger an ihre eigene Sicherheit, sondern vielmehr an die ihres Kindes. Falls das Baby nach der Geburt ärztliche Hilfe benötigt, wollen sie kein Risiko eingehen. Ein Großteil der Frauen will die aufgeführten Nachteile allerdings nicht ohne weiteres in Kauf nehmen – die Suche nach dem »richtigen« Krankenhaus beginnt. Damit Sie sich im Dschungel der verschiedenen Kliniktypen besser zurechtfinden, möchten wir Ihnen die unterschiedlichen Krankenhäuser und ihre jeweiligen Praktiken vorstellen und Ihnen damit eine Entscheidungshilfe geben.

Frauen, die sich aus den genannten Gründen gegen eine Klinikgeburt entscheiden, haben die Wahl zwischen einer Hausgeburt oder einer Geburt im Geburtshaus. Welche der beiden Möglichkeiten für Sie die richtige ist, erfahren Sie in den nächsten beiden Kapiteln.

Geburt kennt viele Wege

Es gibt heute viele Alternativen zur Geburt in der Klinik – Sie können wählen, wie und vor allem wo Ihr Kind zur Welt kommen soll.
Damit Sie auch für sich die richtige Entscheidung treffen, sollten Sie sich zunächst einmal fragen, was Sie sich wünschen, welche Vorstellungen und Ängste Sie haben. Unser kleiner Test hilft Ihnen, sich und Ihren Partner, aber auch umgekehrt: Ihre Partnerin, richtig einzuschätzen.

Die richtige Entscheidung treffen

Die Geburt eines Kindes ist für jedes Elternpaar etwas Einmaliges. Daher bereiten sie das besondere Ereignis sorgfältig vor und machen sich Gedanken, wie und wo es stattfinden soll.

Wo fühle ich mich sicher?

Vertrauen in die Ärzte und Hebammen, eine bekannte Umgebung sowie das Gefühl, sicher und geborgen zu sein, das sind optimale Voraussetzungen für die Geburt. Darum lohnt es sich, den Geburtsort sorgfältig auszuwählen. Denn nur, wenn Sie sich gut aufgehoben fühlen, können Sie sich dem Geburtsgeschehen bedenkenlos überlassen. Überlegen Sie daher genau, was Ihnen wichtig ist: Drückt sich Sicherheit für Sie in jederzeit verfügbarer medizinischer Technik aus? Oder fühlen Sie sich sicher, wenn Sie von Menschen umgeben sind, denen Sie vertrauen und in deren Gegenwart Sie sich gehen lassen können? Wenn Sie beide sich noch unsicher sind, welcher Weg für Sie der richtige ist, dann sprechen Sie mit möglichst vielen Frauen und Paaren über deren Erfahrungen mit verschiedenen Kliniken, Geburtshäusern oder einer Hausgeburt. Diskutieren Sie die unterschiedlichen Möglichkeiten in Ihrem Geburtsvorbereitungskurs. »Kleinigkeiten« wie eine schöne Wanne oder ein bestimmtes Bett sollten dabei nicht allein ausschlaggebend sein. Weit wichtiger ist das Gefühl, sich vom geburtshilflichen Personal ernst genommen und gut betreut zu wissen.

Sich selbst richtig einschätzen

Von den Erfahrungen anderer profitieren

Auch medizinische Gründe spielen eine Rolle

Wahrscheinlich haben Sie sich schon Gedanken darüber gemacht, ob Sie in einer großen Klinik, in einem kleinen, eher überschaubaren Krankenhaus, in einem Geburtshaus oder zu Hause gebären möchten. Neben Ihrem persönlichen Wunsch gibt es aber auch medizinische Gründe, die für oder gegen einen bestimmten Geburtsort sprechen. Deshalb ist es wichtig, dass Sie sich von Ihrer Hebamme oder Ihrem Frauenarzt beraten lassen, bevor Sie Ihre endgültige Entscheidung treffen.

Ärztlichen Rat einholen

Test: Welcher Gebärtyp bin ich?

Mit Hilfe unseres kleinen Tests können Sie und Ihr Partner herausfinden, ob Sie eher ein »Sicherheitstyp« sind, der sich in einer Klinik am besten aufgehoben fühlt, oder ob Sie zu den Menschen gehören, die auf sich selbst vertrauen und Wert auf eine persönliche Atmosphäre legen.

So wird's gemacht

Kreuzen Sie bei jeder Frage diejenige Antwort an, die am ehesten auf Sie zutrifft, und notieren Sie den Buchstaben, der davor steht.

Frage 1

Wenn ich mich unwohl fühle und den Grund nicht kenne,

a.) gehe ich zum Arzt und lasse mich untersuchen.
b.) nehme ich sofort eine Schmerztablette.
c.) greife ich zu homöopathischen Mitteln, zu Bach-Blüten oder Ähnlichem.
d.) versuche ich, mit Entspannungsübungen, Heiltees, Wärme und dergleichen, mein Befinden zu verbessern.
e.) frage ich meine Mutter oder andere Personen meines Vertrauens, ob sie mir einen guten Rat geben können.

Frage 2

Wenn mir ein Arzt einen Eingriff oder eine Therapie empfiehlt,

a.) folge ich seinem Rat.
b.) hole ich eine zweite Meinung ein und informiere mich in der Literatur oder im Internet eingehend zum Thema.
c.) suche ich nach Alternativen.
d.) warte ich erst einmal ab, ob die Beschwerden von alleine wieder aufhören.
e.) frage ich im Bekanntenkreis nach einschlägigen Erfahrungen.

Sind Sie ein »Sicherheitstyp«? Unser Test sagt es Ihnen.

Frage 3

Wie gehe ich mit Schmerzen um?

a.) Ich habe immer Schmerztabletten zur Hand.
b.) Ich lasse mir beim Zahnarzt grundsätzlich eine Spritze geben.
c.) Ich bevorzuge Haus- und naturheilkundliche Mittel.
d.) Ich versuche, mich abzulenken, und entspanne mich mit einem warmen Bad.
e.) Ich wende Entspannungs- und Körperwahrnehmungstechniken an.

Frage 4

Welche Einstellung habe ich zur Geburt?

a.) Ich bin froh, dass es Schmerz- und Betäubungsmittel gibt, auf die ich zurückgreifen kann, wenn die Schmerzen unerträglich werden.
b.) Am liebsten hätte ich gleich einen Kaiserschnitt.
c.) Ich vertraue den Fähigkeiten und der Erfahrung meiner Hebamme.
d.) Ich freue mich darauf, die Kraft meines Körpers zu erleben und völlig neue Erfahrungen zu machen.
e.) Ich bereite mich gut vor und bin mir sicher, dass ich mit den Wehen zurechtkommen werde.

Frage 5

Welche Erwartungen habe ich an meinen Geburtsort?

a.) Ich lege größten Wert auf medizinische Sicherheit für mich und mein Kind. Eine Neugeborenen-Intensivstation und ein Operationsteam für den Notfall sollten vor Ort sein.
b.) Ich bin sehr schmerzempfindlich und möchte mir die Möglichkeit für eine PDA (Periduralanästhesie) oder ein anderes Schmerzmittel offen halten, falls ich die Schmerzen nicht mehr ertrage.
c.) Ich möchte im Bedarfsfall auf alternative Schmerzmittel zurückgreifen. Eine Hebamme mit Kenntnissen in klassischer Homöopathie, Bach-Blüten-Therapie, Akupunktur und Ähnlichem ist mir wichtig.
d.) Für mich ist entscheidend, dass ich meine Geburt selbst gestalten und meine Gebärposition frei wählen kann. Die Möglichkeit zu einer Wassergeburt sollte gegeben sein.
e.) Mein Kind soll an einem Ort zur Welt kommen, an dem ich mich wohl und geborgen fühle. Als Geburtsbegleitung wünsche ich mir eine vertraute Hebamme, die während der gesamten Geburt nur für mich da ist, egal wie lange diese dauert.

Wie gut kennen Sie Ihren Partner? Lassen Sie sich überraschen.

Frage 6

Wie schätze ich mich selbst ein?

a.) Ich wünsche mir zwar ein Kind, habe aber große Angst vor der Geburt.
b.) Beim Sex habe ich Hemmungen laut zu werden. Ich kann nicht abschalten und versuche immer, meine Gefühle zu kontrollieren.
c.) Wenn ich mich nicht wohl fühle, gehe ich an die frische Luft und atme gründlich durch.
d.) Geburt ist für mich die natürlichste Sache der Welt.
e.) Ich liebe das Gefühl, mich beim Sport so richtig auszupowern und auch beruflich an meine Grenzen zu gehen.

Frage 7

Wie schätze ich die Haltung meines Partners ein?

a.) Mein Mann ist an technischen Geräten sehr interessiert und hat großes Vertrauen in deren Funktion.
b.) Mein Partner ist eher ein ängstlicher Typ. Vor allem seit ich schwanger bin, macht er sich ständig Gedanken um mein Wohlbefinden und versucht, mir alle Unannehmlichkeiten vom Hals zu schaffen.
c.) Mein Partner überlässt die Entscheidung mir. Er sagt, ich müsse das Kind gebären und dürfe daher auch entscheiden, wo und wie ich betreut werden möchte. Er geht davon aus, dass ich als Frau am besten weiß, was gut für mich ist.
d.) Mein Partner macht einen großen Bogen um Ärzte und Krankenhäuser. Er vertraut in erster Linie auf sich und die Selbstheilungskräfte seines Körpers. Er geht höchstens mal zum Homöopathen.
e.) Die Geburt unseres Kindes liegt meinem Partner sehr am Herzen. Wenn ich ihn bei der Planung und Vorbereitung außen vor lassen würde, wäre er äußerst gekränkt. Es ist selbstverständlich für ihn, mich bei der Geburt zu unterstützen.

Frage 8 (an den Partner)

Welche Vorstellungen und Erwartungen habe ich als werdender Vater?

a.) Ich vertraue der modernen Technik und der Kompetenz von Ärzten und Hebammen. Eine Geburt außerhalb der Klinik käme für mich nicht in Frage.
b.) Ich mache mir Sorgen, ob meine Frau die Geburt ohne fremde Hilfe durchstehen wird, und habe Angst, Sie leiden zu sehen. Wenn die Schmerzen unerträglich werden, sollte sie ein Schmerzmittel oder eine örtliche Betäubung bekommen.
c.) Ich glaube nicht, dass ein Krankenhaus der richtige Ort für eine Geburt ist. Früher sind die Kinder auch zu Hause auf die Welt gekommen.
d.) Ich halte eine Geburt für ein natürliches Ereignis und bin fest davon überzeugt, dass meine Partnerin in der Lage ist, unser Kind aus eigener Kraft auf die Welt zu bringen. Ich werde sie dabei unterstützen.
e.) Geburt ist nicht nur die Sache meiner Frau. Ich möchte mich gemeinsam mir ihr vorbereiten und natürlich auch bei der Geburt dabei sein. Sobald das Baby da ist, nehme ich Urlaub und kümmere mich um meine Familie und den Haushalt.

Auswertung

Zählen Sie zusammen, wie oft Sie die Buchstaben a, b, c, d und e angekreuzt haben.

Wenn Sie überwiegend a.) und b.) angekreuzt haben:

Sie sind ein »Sicherheitstyp« und haben großes Vertrauen in Ärzte und in die Schulmedizin. Sie sind am besten in einem modernen Großklinikum aufgehoben oder in einer vergleichbaren Einrichtung, in der alle moderne Medizintechnik verfügbar ist und die Möglichkeit besteht, ein Schmerz- oder Betäubungsmittel zu bekommen.

Wenn Sie vorwiegend c.) angekreuzt haben:

Sie sind ein »alternativer Typ« und vertrauen am ehesten der alternativen Medizin. Für Sie ist es wichtig, bei Befindlichkeitsstörungen ein homöopathisches oder naturheilkundliches Mittel zur Hand zu haben.
Überlegen Sie sich bei der Wahl Ihres Geburtsortes, worauf Sie besonderen Wert legen. Sie können nicht bei allen Hebammen und Ärzten homöopathische oder naturheilkundliche Kenntnisse voraussetzen. Im Geburtshaus werden Schmerzmittel nur

sehr begrenzt eingesetzt, dagegen häufiger alternative Mittel und Methoden der Schmerzlinderung. Für Sie ist ein Geburtshaus oder eine Klinik mit zurückhaltender Geburtshilfe am günstigsten. Sicher ist für Ihre Entscheidung ausschlaggebend, wie wichtig Ihnen eine vertraute Umgebung und bekannte Geburtshelfer sind.

Wenn Sie überwiegend d.) und e.) angekreuzt haben:

Sie sind ein »selbstbestimmter Typ« und haben großes Vertrauen in Ihren Körper und dessen Selbstheilungskräfte, beziehungsweise in die Ihrer Partnerin. Sie sind vermutlich der Meinung, dass körperliche Beschwerden immer einmal vorkommen und auch wieder vergehen. Beschwerden sind für Sie ein Signal, etwas in Ihrem Leben zu verändern (Stress zu reduzieren, auf Haltung und Bewegung zu achten). Außerdem bauen Sie auf »Erfahrungsmedizin«, indem Sie sich im Bekanntenkreis umhören. Wenn Sie zu den Menschen gehören, denen ein Krankenhaus eher Angst einflößt, sind Sie zu Hause oder im Geburtshaus wohl am besten aufgehoben. Oder Sie finden eine Klinik, in der Sie die Geburt aktiv und selbstbestimmt gestalten können.

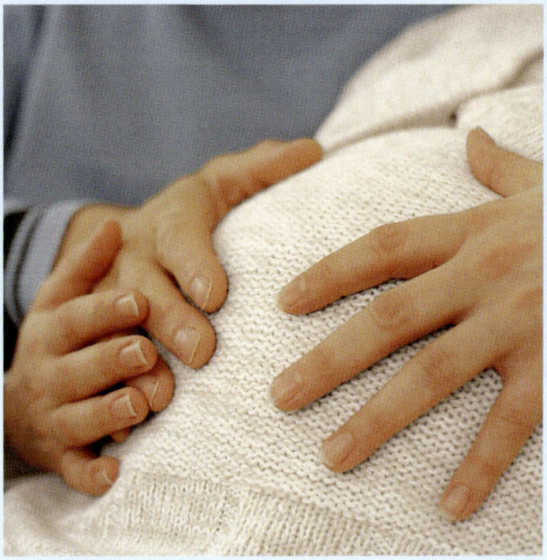

Information ist wichtig

Hören Sie auch auf die innere Stimme.

Auch wenn Ihnen das Ergebnis unseres Tests zeigt, dass Sie sehr medizinisch orientiert sind, heißt das noch nicht, dass Ihre Einstellung zur Geburt ein für alle Mal festgelegt ist. Vielleicht gewinnen Sie im weiteren Verlauf der Schwangerschaft mehr Selbstvertrauen in sich und Ihre Gebärfähigkeit. Möglicherweise ändern Sie ja auch Ihre Meinung, nachdem Sie sich eingehend mit dem Thema Geburt befasst und sich ernsthaft gefragt haben. Für Ihre Entscheidung helfen die folgenden Informationen. Vielleicht wiederholen Sie den Test, nachdem Sie das Buch gelesen haben, und schauen, was sich an Ihrer Einstellung verändert hat.

Wie soll unser Kind zur Welt kommen?

Die Geburt ist ein unwiederbringliches Ereignis, das Sie vielleicht nur einmal, auf jeden Fall aber nicht allzu oft erleben. Es ist nicht nur eine außergewöhnliche körperliche Erfahrung, sondern auch ein Wendepunkt in Ihrem bisherigen Leben.

Offen sein für alles

Zwei Menschen sind an der Geburt unmittelbar beteiligt: Sie und Ihr Kind. Darum ist es bedeutsam, nicht nur an die eigenen Bedürfnisse zu denken, sondern auch an die des Kindes. Eine ungestörte Geburtssituation ist nicht nur für Sie, sondern auch für Ihr Kind die Grundvoraussetzung für einen optimalen Start in das neue Leben.

Geburtsarbeit ist wichtig

Die Geburt ist der Übergang von der Schwangerschaft zum Leben außerhalb des Mutterleibes. Die Geburtsarbeit spielt dabei eine wichtige Rolle: Sie hilft Ihrem Baby bei der Anpassung an das Leben ohne die schützende Hülle Ihres Körpers.

Jede Geburt ist anders

Ein verständliches Bild für die Geburtsarbeit ist eine Bergtour: Manche Menschen scheuen weder Mühe noch Anstrengung, um eine schöne Aussicht zu genießen. Andere können sich ebenso an der Aussicht erfreuen, wenn Sie den Berg mit dem Sessellift »bewältigt« haben. Auf die Geburtssituation übertragen heißt das: Entweder ich nehme die körperlichen Belastungen einer Geburt auf mich oder ich entschließe mich, den leichteren Weg zu wählen, zum Beispiel indem ich mir eine PDA (Periduralanästhesie) zur Betäubung legen lasse. Unabhängig davon, wie Sie sich entscheiden: Ihr Kind werden Sie so oder so genießen.

Das Baby entschädigt Sie für alle Anstrengungen während der Geburt.

Viele Menschen nehmen freiwillig extreme Anstrengungen auf sich, um diesen »Kick« zu erleben, den Frauen mit der Geburt erfahren, sofern sie sich darauf einlassen. Doch nicht jede Frau ist bereit, sich einer solchen Extremsituation auszusetzen. Oder aber sie merkt auf halber Strecke, dass die Belastung doch zu groß ist und steigt – bildlich gesprochen – in die Seilbahn um. Es kann aber auch sein, dass Sie sich bei Ihrer Bergtour den Fuß verstauchen und notgedrungen umdisponieren müssen; vielleicht werden Sie sogar aufgrund des schlechten Wetters mit dem Hubschrauber geholt. Genauso kann es während der Geburt zu unvorhersehbaren besonderen Erschwernissen kommen, und Sie brauchen einen Kaiserschnitt, weil Ihr Kind ungünstig liegt. So, wie es stolz macht, einen extrem hohen Berg »bezwungen« zu haben, ist es ein erhebendes Gefühl, die Geburt aus eigener Kraft bewältigt zu haben. Bedenken Sie aber die Unwägbarkeiten und seien Sie nicht allzu enttäuscht, wenn es anders kommt als geplant. Auch Bergsteiger, Weltumsegler und andere Extremsportler müssen hin und wieder auf Hilfsvehikel umsteigen. Bleiben Sie offen für alle Eventualitäten und nehmen Sie Hilfe an, wenn diese unumgänglich ist.

Den eigenen Weg gehen

Kein falscher Ehrgeiz

Wie viel Medizintechnik?

Die Geburtsmedizin hat in den letzten Jahrzehnten große Fortschritte gemacht. Es gibt heute effektive Überwachungsmöglichkeiten, mit deren Hilfe viele Probleme, die während der Geburt auftreten können, frühzeitig erkannt werden. Auf der anderen Seite geben sie aber auch sehr oft unberechtigt »Alarm«. Das gilt vor allem für die CTG (Cardiotokograph)-Geräte zur Überwachung der kindlichen Herztöne. Die Folge sind nicht selten unnötige Eingriffe wie die vorzeitige Beendigung der Geburt durch Kaiserschnitt, Saugglocke oder Zange.

Alle medizinischen Maßnahmen haben neben ihren Vorteilen leider auch Nachteile. Aus diesem Grund wollen viele werdende Eltern genau wissen, ob ein Krankenhaus beziehungsweise dessen geburtshilfliches Personal Medizintechnik und Medikamente häufig einsetzt oder ob es eher zurückhaltend und verantwortungsvoll damit umgeht. Am besten erkundigen Sie sich bei Frauen, die bereits Kinder haben, nach deren Erfahrung mit den unterschiedlichen Kliniken oder Sie fragen bei Ihrem Frauenarzt oder Ihrer Hebamme nach.

Medizintechnik nicht um jeden Preis

Welche medizinischen Maßnahmen gibt es?

● CTG (Cardiotokograph)

Das CTG dient zur Überwachung der kindlichen Herztöne. Diese werden entweder über den mütterlichen Bauch (extern) oder direkt beim Kind (intern) abgehört.

Die interne Überwachung wird heute nur noch selten durchgeführt, denn dazu muss ein Draht an der Kopfschwarte oder am Po des Babys befestigt werden.

Bei der externen Überwachung wird der Schallkopf, der die Herztöne per Ultraschall empfängt, mit elastischen Gürteln auf dem Bauch der Mutter befestigt.

Bei Hausgeburten, im Geburtshaus oder bei Wassergeburten wird dazu meist ein tragbares Gerät verwendet. Der Schallkopf muss dann nur ab und zu auf den Bauch gehalten werden.

Auch das gute alte Hörrohr hat noch nicht ausgedient und wird von manchen Hebammen benutzt.

Wichtiges Hebammenutensil: das elektronische Hörrohr

● MBU (Mikroblutuntersuchung)

Vom Kopf des Kindes wird etwas Blut entnommen, um dessen Sauerstoffgehalt zu prüfen. Falls die CTG-Aufzeichnung »unklare« Herztöne anzeigt, kann man auf diese Weise den Zustand des Kindes besser beurteilen. Die MBU wird nur in Kliniken durchgeführt.

● Pulsoxymetrie

Mit besonderen Mess-Sonden wird über die Kopfhaut des Kindes der Sauerstoffgehalt im Blut gemessen.

● Venöser Zugang (Braunüle)

In vielen Krankenhäusern wird der venöse Zugang routinemäßig gelegt; mit der Begründung, dass im Bedarfsfall Medikamente oder eine Infusion ohne Zeitverzögerung verabreicht werden können.

Die Möglichkeiten der medizinischen Schmerzbekämpfung werden im Kapitel »Rund um die Geburt« dargestellt (siehe Seite 98 ff.).

Geburtsbetreuung

Neben den medizinisch-technischen Möglichkeiten ist die Frage der Geburtsbetreuung ein weiteres wichtiges Kriterium für die Wahl des richtigen Geburtsortes. Fachfrauen für die Geburt sind nach wie vor Hebammen. Sie müssen bei jeder Entbindung anwesend sein – das ist Gesetz. Treten ernst zu nehmende Komplikationen auf, sind Hebammen jedoch verpflichtet, einen Arzt hinzuziehen. Bei Klinikgeburten ist zumindest in der Endphase fast immer ein Arzt dabei. Begleitet wird die gebärende Frau aber auch dort während der gesamten Geburt von einer Hebamme oder, bei Schichtwechsel, von mehreren – je nachdem, wie lange die Geburt dauert.

Hebammen betreuen die Geburt

Grundsätzlich haben Sie die Wahl zwischen einer reinen Hebammengeburt und einer klinischen, von Hebamme und Arzt betreuten Geburt. Frauen, die sich bei einer Hebamme gut aufgehoben fühlen, entscheiden sich häufig für eine Geburtshaus- oder Hausgeburt. Mittlerweile bieten einige Kliniken den Frauen an, ihre eigene Hebamme mit in den Kreißsaal zu bringen. So können sie die gesamte Infrastruktur der Klinik nützen, und ein Arzt ist zur Stelle, wenn er gebraucht wird (siehe Seite 42).

Mit der eigenen Hebamme in den Kreißsaal

Hebammengeburt

Wenn Sie eine Hebamme gefunden haben, die Sie vielleicht schon während der Schwangerschaft betreut hat und die auch Geburten begleitet, können Sie Ihr Kind auch ohne Arzt zur Welt bringen. Das ist möglich bei einer Hausgeburt, im Geburtshaus oder in einer Klinik, die es den Frauen erlaubt, ihre eigene Hebamme zur Geburt mitzubringen. Wenn Sie sich bei Ihrer Hebamme sicher und gut aufgehoben fühlen und keine geburtsrelevanten Risiken vorliegen, ist dies eine gute Möglichkeit.

Geburt mit Hebamme und Arzt

Haben Sie sich für eine Klinikgeburt entschieden, so ist normalerweise auch ein Arzt bei der Geburt anwesend. Einige Hebammen arbeiten auch bei Haus- oder Praxisgeburten mit Ärzten zusammen.

Arzt im Hintergrund

Wenn eine Geburt komplikationslos verläuft, stößt der Arzt meist erst gegen Ende, also zur Austreibungsphase, dazu. Die Ärzte im Kreißsaal werden bei Ihrer Aufnahme informiert, stellen sich vor, schauen zwischendurch immer mal wieder nach Ihnen und werfen hin und wieder einen Blick auf das CTG.

Mit bekanntem Arzt

Entscheiden Sie sich für eine Belegklinik, dann kennen Sie den zuständigen Arzt natürlich schon vorher. Freie Arztwahl haben Sie in normalen Krankenhäusern nur, wenn Sie »privat« versichert sind. Allerdings kann Ihr Arzt im Urlaub oder erkrankt sein, ebenso wie Ihre favorisierte Hebamme. Im letzten Fall ist es sinnvoll, sich noch eine zweite Hebamme als mögliche Alternative zu suchen, falls Ihre ausfällt.

Rechtzeitig für Ersatz sorgen

Doula – die ideale Geburtsbegleiterin

Eine Doula ist eine Frau, die anderen Frauen während der Geburt beisteht. Dabei geht es nicht um medizinische Betreuung, sondern darum, dass eine erfahrene, mitfühlende Frau emotionale Zuwendung gibt. Aufgrund ihrer eigenen Geburtserfahrung und ihrer Ruhe und Gelassenheit vermittelt sie der Gebärenden das Gefühl, dass sie es schaffen wird. Fragen Sie in Zentren »rund um Schwangerschaft und Geburt« nach einer geeigneten Doula. Diese kann Ihnen sowohl bei einer Haus- oder Geburtshausgeburt als auch in der Klinik zur Seite stehen.

Mit Doula gut durch die Geburt

Ambulant oder stationär?

Sicher haben Sie schon darüber nachgedacht, ob Sie nach der Geburt bald wieder nach Hause möchten oder lieber ein paar Tage in der Klinik bleiben wollen. Abgesehen davon, dass die Entscheidung natürlich auch von Ihrer körperlichen Verfassung und vom Zustand Ihres Kindes abhängt, gilt auch hier: Wo fühle ich mich wohl und gut betreut? Viele Frauen genießen es, im Krankenhaus rund um die Uhr versorgt zu werden, oder sie erwarten in den ersten Tagen mit ihrem Baby eine ständige fachliche Betreuung. Anderen Frauen ist es in der Klinik zu hektisch und zu wenig flexibel: Sie entschließen sich zu einer ambulanten Geburt.

Individuell entscheiden

Wenn Sie bereits Kinder haben, dann möchten Sie das neue Kind vielleicht in Ruhe kennen lernen und sich im Krankenhaus für ein paar Tage bedienen lassen. Vielleicht ist es Ihnen aber gerade in diesem Fall wichtig, dass die Geschwister zu Hause das neue Baby von Anfang an erleben und wegen des Neuankömmlings die Mutter nicht missen müssen. Diese Entscheidung hängt sicherlich auch vom Alter der Geschwister ab.

Ambulante Geburt

Wochenbett in den eigenen vier Wänden

Bei einer ambulanten Geburt bleiben Sie mit Ihrem Baby zunächst zwei bis vier Stunden (wenn erforderlich auch mehr) im Kreißsaal oder im Geburtshaus und fahren dann gemeinsam mit Partner und Kind nach Hause. In den eigenen vier Wänden werden Sie von einer Hebamme betreut, die täglich nach Ihnen und Ihrem Kind sieht. Sie haben Anspruch auf mindestens zehn Tage Hebammen-Nachsorge. Im gewohnten Umfeld können Sie und Ihr Kind sich ungestört kennen lernen und nach dem eigenen Rhythmus leben.

So finden Sie eine Nachsorge-Hebamme

Nicht zu lange warten

Sie können im Branchenverzeichnis nachsehen, beim Bund deutscher Hebammen und deren Landesverbänden nachfragen oder sich bei Ihrer Krankenkasse erkundigen. Für viele Städte und Regionen gibt es spezielle Hebammenlisten – fragen Sie in Ihrem Zentrum »rund um Schwangerschaft und Geburt«, in Hebammenpraxen, in der Klinik, beim Gesundheitsamt, bei Ihrer Frauenbeauftragten oder Ihrem Arzt nach.

WICHTIG

In den ersten Tagen danach brauchen Sie Unterstützung

- durch eine Hebamme
- durch Ihren Partner
- möglichst durch eine weitere Person, die Sie und Ihren Partner als junge Eltern umsorgt, für Sie einkaufen geht, kocht und die nötigen Arbeiten im Haushalt erledigt

Ohne Hilfe geht es nicht!

Die ersten Tage mit dem Kind ungestört zu genießen sollten sich Eltern nicht entgehen lassen. Für Alltagserledigungen wie putzen, einkaufen und kochen bleibt da wie gesagt wenig Zeit. Daher sollten Sie jemand bitten, diese Dinge für Sie zu erledigen. Sie beide haben alle Hände voll zu tun, Ihr Baby kennen zu lernen und zu versorgen. Vielleicht gibt es in Ihrer Familie rüstige Großeltern, Geschwister oder Freunde, die Ihnen abwechselnd unter die Arme greifen können.

Die ersten Tage in der Klinik

Wenn Sie keine Hebamme für die Nachsorge finden und keinen Partner haben, der in der ersten Zeit zu Hause ist, sollten Sie auf jeden Fall einige Tage in der Klinik bleiben. In der Regel werden Wöchnerinnen nach drei bis fünf Tagen aus der Klinik entlassen; sofern sie besonderer Pflege bedürfen, auch später.

Angeschlossene Kinderklinik

Werdende Eltern machen sich auch Sorgen, was wohl sein wird, wenn ihr Kind krank ist und ärztliche Hilfe braucht. In einem solchen Fall ist es ideal, wenn sich die Kinderklinik im gleichen Haus wie die Geburtsstation befindet. Die Verlegung erfolgt meist ohne Zeitverzögerung und die Mutter kann ihr Kind jederzeit besuchen.

Kinderklinik in der Nähe

Falls das Krankenhaus Ihrer Wahl über keine Kinderklinik verfügt, müssen Sie sich trotzdem keine Sorgen machen. Im Notfall wird das Baby schnell – meist mit speziellen Neugeborenen-Inkubatoren – in ein nahe gelegenes Kinderkrankenhaus transportiert. Wenn es Ihnen gut geht, müssen Sie ja nicht in der Geburtsklinik bleiben. Sofern Sie eine Hebamme zur Nachsorge haben, können Sie nach Hause gehen und Ihr Kind täglich besuchen. Vielleicht ist die Kinderklinik auch so fortschrittlich, dass Sie bei Ihrem Kind übernachten können. Das ist allerdings in den Frühgeborenen-Abteilungen der Kinderkliniken selten der Fall.

Mit dem Baby in einem Zimmer

Selbst wenn Sie sich für ein großes Haus mit angeschlossener Kinderklinik entscheiden, ist es möglich, dass beide räumlich weit voneinander entfernt sind. Dadurch entfällt der Vorteil der Nähe weitgehend. Relativ selten liegen die Wochenstation und eine Neugeborenen-Intensivabteilung nebeneinander. Erkundigen Sie sich rechtzeitig danach, wenn Ihnen die Nähe der Kinderklinik wichtig ist.

Operative Entbindung möglich

Komplikationen während einer Geburt treten selten plötzlich auf. Meist kündigen sie sich an, so dass eine operative Entbindung durch Kaiserschnitt oder Saugglocke in der Regel nicht übereilt durchgeführt werden muss. Sie sollte aber im Notfall innerhalb von 15 Minuten erfolgen können. Das ist normalerweise in allen Häusern der Fall. Wenn Sie zu Hause entbinden oder in einem Geburtshaus, werden Sie in eine nahe gelegene Klinik verlegt, falls die Geburt operativ beendet werden muss.

Kaiserschnitt kein Problem

Die Atmosphäre ist wichtig

Neben der Möglichkeit, die Geburt im Notfall rasch beenden zu können, spielt auch die Atmosphäre eine wichtige Rolle. Nur

wenn sich die gebärende Frau wohl fühlt, kann sie sich dem Geburtsgeschehen überlassen. Einige Frauen brauchen dazu die vertraute Umgebung der eigenen vier Wände. Andere wollen zwar ein gemütliches Umfeld, aber trotzdem nicht auf das Sicherheitspolster einer Klinik verzichten. Auf diesen Wunsch haben sich mittlerweile viele Kliniken eingestellt.
Auch die angenehme Atmosphäre eines Geburtshauses mit bekannten Hebammen kann entscheidend für die Wahl des Geburtsortes sein.

Wassergeburt

Eine Geburt im Wasser ist im Prinzip an allen genannten Geburtsorten möglich, wird aber nicht von allen Krankenhäusern angeboten. In Geburtshäusern und natürlich auch zu Hause ist eine Wassergeburt jederzeit realisierbar – vorausgesetzt, die betreuende Hebamme hat keine berechtigten Einwände. Wenn Sie sich für eine bestimmte Klinik entschieden haben, sollten Sie bereits im Vorfeld klären, wie dessen Personal zur Wassergeburt eingestellt ist, und sich im Zweifelsfall noch eine andere Klinik anschauen. In allen Krankenhäusern ist es zwar möglich, die

Entspannung im warmen Wasser

Eröffnungswehen in der Badewanne zu verbringen, zur Geburt selbst aber möchten viele Ärzte und Hebammen die Frau dann lieber wieder im Kreißsaal auf dem Hocker oder im Bett haben. Kliniken, Geburtshäuser und Hausgeburts-Hebammen, die Wassergeburten durchführen, verfügen über spezielle Geräte zum Aufzeichnen der Herztöne, die auch im Wasser benutzt werden können.

Im warmen Wasser sind die Schmerzen leichter zu ertragen.

WICHTIG

Aus der Situation entscheiden

Auch wenn Sie sich auf eine Wassergeburt eingestellt haben, kann es in der Geburtssituation völlig anders kommen. Es ist beispielsweise möglich, dass Sie gar nicht im Wasser bleiben wollen. Während umgekehrt Frauen, die nicht vorhatten, im Wasser zu gebären, plötzlich nicht mehr aus der Wanne heraus möchten und dort ihr Kind bekommen. Alles sollte möglich sein.

Geplanter Kaiserschnitt

Klinik ist nicht gleich Klinik

Falls bei Ihnen aus bestimmten Gründen von vornherein feststeht, dass Sie per Kaiserschnitt entbinden werden (Sectio caesarea), sollten Sie Ihre Klinik ebenfalls sorgfältig aussuchen. Auch bei der Durchführung und Betreuung von Kaiserschnitten gibt es große Unterschiede zwischen den einzelnen Krankenhäusern.

So finden Sie die richtige Klinik

Folgende Kriterien spielen bei der Auswahl der Klinik eine Rolle:

- die Art der Narkose
- die Technik des Kaiserschnitts
- ob der Partner bei der Operation dabei sein kann
- die Nachbehandlung auf der Wochenstation

Mit der Checkliste auf Seite 35 können Sie sich an die Kliniken Ihrer Umgebung wenden.

Gründe für einen geplanten Kaiserschnitt

- Der häufigste Grund für einen geplanten Kaiserschnitt ist die Beckenendlage. Dabei liegt das Kind mit dem Gesäß (Steißlage) oder den Füßen voran in der Gebärmutter. Es gibt allerdings auch Kliniken, die eine Beckenendlage spontan entwickeln (vaginal entbinden).
- Bei einer Schräg- oder Querlage (das Kind liegt quer in der Gebärmutter) ist ein Kaiserschnitt unvermeidbar.
- Wenn die Plazenta vor dem Muttermund liegt und dem Kind den Ausgang versperrt (Plazenta praevia), muss ebenfalls ein Kaiserschnitt gemacht werden.

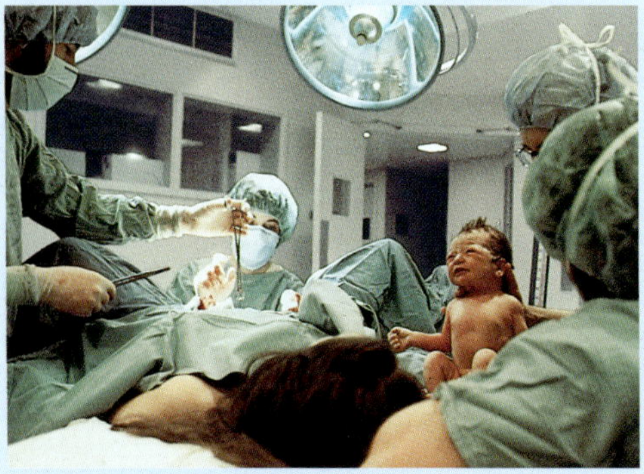

- Das Gleiche gilt für bestimmte Vorerkrankungen der Mutter wie eine schwere EPH-Gestose (Schwangerschaftsvergiftung).
- Frühgeburten vor der 32. Woche werden heute fast ausnahmslos operativ entbunden.
- Auch Mehrlinge, besonders große oder besonders kleine Kinder können der Grund für eine Sectio sein.

Checkliste Kaiserschnitt-Geburt

Fragen für den Info-Abend

- Ist ein Kaiserschnitt mit örtlicher Betäubung möglich, sprich mit PDA (Periduralanästhesie) oder Spinalanästhesie (siehe Seite 99 f. und 109 f.)?
- Wie hoch ist die Rate der PDAs bei Kaiserschnitt-Geburten? (Nur so können Sie einschätzen, ob sie wirklich gemacht wird.)
- Ist die Anwesenheit des Partners im OP möglich?
- Kann der Partner auch im Falle einer Vollnarkose im OP bleiben?
- Ist die neue Misgav-Ladach-Technik möglich (siehe Seite 36)?
- Wird mir mein Kind sofort gezeigt, kann ich es gleich berühren?
- Bei einer Vollnarkose: Bekommt der Vater das Kind gleich auf den Arm?
- Kann ich mein Kind im OP anlegen?
- Ist ein Kinderarzt vor Ort?
- Ist Rooming-In nach dem Kaiserschnitt möglich, auch nachts?
- Kann der Vater in der Klinik bleiben (siehe Family-In, Seite 44)?
- Ist es möglich, mit dem Eingriff zu warten, bis die Wehen einsetzen? (Wehen sind wichtig für die Anpassung des Kindes an das Leben außerhalb der Gebärmutter.)
- Wie lange liegen Schläuche wie Infusion und Blasenkatheter? (Das ist heute in der Regel nicht lange notwendig.)
- Bekomme ich gleich nach der Operation etwas zu trinken und zu essen?
- Wird ein Einlauf vor und eventuell auch nach der Operation gemacht? (Das gilt heute als überholt.)
- Wie lange muss ich voraussichtlich im Krankenhaus bleiben? (Besonders nach einem Kaiserschnitt mit der Misgav-Ladach-Methode ist kein langer Aufenthalt nötig.)
- Ab wann kann ich mein Kind besuchen, falls es in die Kinderklinik verlegt werden muss? Wie ist der Transport der Muttermilch geregelt?

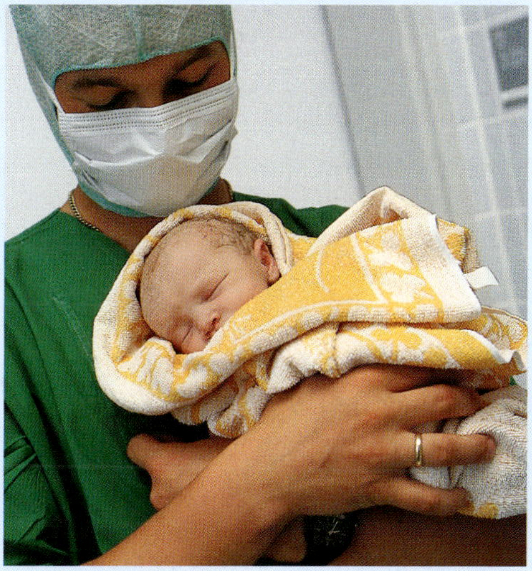

Sectio nach Computer-Diagnose?

Ein neues Angebot der Geburtsmedizin ist die Vermessung der inneren Geburtswege. Mit einer Kernspintomografie wird die Anatomie des mütterlichen Beckens im Verhältnis zur Größe des ungeborenen Kindes dargestellt. Damit wollen Ärzte bereits im Vorfeld klären, ob das Baby auf natürlichem Wege geboren werden kann. Diese Untersuchung ist sehr teuer und zudem wenig aussagekräftig. Wie weit sich das mütterliche Becken während der Geburt erweitert und wie nachgiebig der Beckenboden ist, kann ebenso wenig vorausgesagt werden, wie das Verschieben der Schädelplatten und die Verformung des kindlichen Kopfes. Ein Missverhältnis zwischen mütterlichem Becken und kindlichem Kopf lässt sich daher vor der Geburt kaum feststellen – nicht alle großen Kinder haben es bei der Geburt schwer.

Hohe Kosten, geringer Nutzen

Sanfter Kaiserschnitt?

Eine Operation, erst recht die neue Methode nach Misgav-Ladach, ist alles andere als sanft. Im Unterschied zu dem herkömmlichen Verfahren wird das Gewebe hierbei kaum mehr mit dem Skalpell durchtrennt, vielmehr werden die einzelnen Gewebeschichten durch Zug aufgerissen. Die meisten Schichten müssen anschließend nicht mehr zusammengenäht werden. Die Wunde heilt dadurch schneller und die Frauen haben in der Regel weniger Schmerzen. Aus diesem Grund sind viele von ihnen nach kurzer Zeit wieder fit.

Schnell wieder fit mit Misgav-Ladach

Wunsch-Sectio

Ein neues, kontrovers diskutiertes Thema ist der Wunsch-Kaiserschnitt. Viele Krankenhäuser machen die Erfahrung, dass dieses Anliegen immer häufiger an sie herangetragen wird. Die meisten Klinken führen offiziell keinen Wunsch-Kaiserschnitt ohne medizinische Notwendigkeit durch. Aus wirtschaftlichen und anderen Gründen wird dem Wunsch aber doch oft nachgegeben. Dazu trägt auch die Erfahrung bei, dass Frauen, die unbedingt einen Kaiserschnitt wollen, bei der Geburt häufig so verspannt sind, dass letztendlich doch eine Sectio notwendig wird.

Ein neuer Trend?

Wunsch-Sectio aus Angst

Wenn Ihre Ängste und Vorbehalte gegenüber einer normalen Geburt so groß sind, dass Sie sich partout einen Kaiserschnitt wünschen, sollten Sie Ihr Anliegen auf jeden Fall mit verschiedenen Menschen besprechen:

Umfassend informieren!

- mit Ihrem Frauenarzt
- mit Ihrer Hebamme
- mit den Ärzten des Krankenhauses
- im Geburtsvorbereitungskurs
- mit Frauen, die bereits einen Kaiserschnitt hatten

Immer ein Risiko

Machen Sie sich klar, dass ein Kaiserschnitt eine Operation ist. Es wird Ihnen hinterher bei weitem nicht so gut gehen wie nach einer normalen Geburt, auch wenn diese länger dauert und anstrengender ist. Eine Geburt hat, wie bereits ausgeführt, eine wichtige Funktion, sie stellt einen Übergang dar zwischen dem Leben innerhalb und außerhalb des Mutterleibes – und zwar für Sie und Ihr Kind (siehe Seite 26). Das sollten Sie nicht vergessen.

Sprechen Sie mit anderen Müttern

Wenn Sie Gelegenheit haben, mit anderen betroffenen Frauen über deren Erfahrungen zu sprechen, werden Sie sicher oft zu hören bekommen, wie sehr diese Frauen die Geburt als Übergang von der Schwangerschaft zum realen Baby vermisst haben. Viele Frauen tragen noch lange nach der Geburt das Gefühl mit sich herum, etwas Wichtiges versäumt zu haben. Auch körperliche Beschwerden wie ein Taubheitsgefühl im Narbenbereich belasten manche Frauen ein Leben lang.

Nicht ohne Folgen

Kaiserschnitt nur für den Notfall!

Ihr Arzt wird Ihnen fairerweise sagen (müssen), dass eine Operation immer gefährlicher ist als eine normale Geburt. Auch wenn die Zahl der Zwischenfälle insgesamt sehr gering ist.

Der Kaiserschnitt ist eine segensreiche Option für den Fall, dass das Leben von Mutter oder Kind gefährdet ist. Es gibt jedoch keinen Grund, die Gesundheit der Mutter durch eine überflüssige Operation aufs Spiel zu setzen.

Die Behauptung, dass Frauen, die per Kaiserschnitt entbunden haben, weniger Probleme mit ihrem Beckenboden bekommen, gemeint sind Senkungen und Inkontinenz (Nicht-Halten-Können des Urins), stimmt statistisch nicht. Unter diesen Beschwerden leiden Frauen, die nie geboren haben ebenso wie Frauen, die einen Kaiserschnitt oder eine normale Geburt hatten.

Probleme mit dem Beckenboden auch nach Kaiserschnitt

Wo soll unser Kind zur Welt kommen?

In größeren Städten, zum Teil auch in ländlichen Regionen, haben Sie die Wahl zwischen verschiedenen Geburtsorten. Die Mehrzahl aller Frauen entscheidet sich nach wie vor für eine Geburt in der Klinik. Doch die geburtshilflichen Abteilungen der einzelnen Krankenhäuser sind sehr unterschiedlich, wie Sie gleich sehen werden.

Große Unterschiede zwischen den Kliniken

Es geht auch anders

Zur Klinikgeburt gibt es mehrere »außerklinische« Alternativen:

- Geburtshäuser
- Hebammen- oder Geburtspraxen
- Hausgeburt

Individuell entscheiden

Die Erfahrung vieler Jahre zeigt, dass Eltern mit der Geburtssituation, noch häufiger mit der Zeit auf der Wochenstation, unzufrieden waren. Viele von ihnen tragen den Kummer, dass der bedeutende Start für das Leben mit ihrem Kind nicht optimal verlaufen ist, noch lange mit sich herum. Natürlich kann es anders kommen als erträumt – daran muss nicht immer jemand schuld sein. Doch mit der sorgfältigen Wahl des Geburtsortes können Sie sich viel Frust ersparen. Wenn Sie zum Beispiel keine Geburtseinleitung möchten, wäre es ungeschickt, in eine Klinik zu gehen, in der Geburten häufig eingeleitet werden. Wenn Sie Ihr Baby auch nachts bei sich haben möchten, sollten Sie sich nicht für eine Klinik entscheiden, in der die Kinder nachts ins Säuglingszimmer gestellt werden (oder in dem die Krankenschwestern den Müttern sagen: »Sie wollen doch heute Nacht Ihre Ruhe haben?!«). Das und einiges mehr sind unnötige Ärgernisse. Das schlechte Gefühl, das viele Mütter noch lange Zeit begleitet, ließe sich durch rechtzeitige Informationen zum großen Teil vermeiden. Darum werden wir im Folgenden die Unterschiede der einzelnen Kliniktypen darstellen. Nicht alles wird für Sie wichtig sein. Entscheiden Sie selbst, worauf Sie Wert legen, und fragen Sie in der jeweiligen Klinik danach. Erkundigen Sie sich auch bei Bekannten, die in der betreffenden Klinik geboren haben.

Nicht immer ideal

Info-Abende besuchen

Frust vermeiden

WICHTIG

Keine zu großen Entfernungen

Zusätzlich zu allen anderen Kriterien sollten Sie auch die Entfernung zwischen Ihrem Wohnort und dem favorisierten Geburtsort berücksichtigen. Wenn die Fahrt länger als eine Stunde dauert, ist es sinnvoll, sich vorsichtshalber auch ein näher gelegenes Krankenhaus anzuschauen. Falls Ihr Baby es sehr eilig hat, auf die Welt zu kommen, schaffen Sie die weitere Strecke vielleicht nicht mehr!

Geburtskliniken

Es gibt große Kliniken der Maximalversorgung: Perinatalzentren, Universitätskliniken und große städtische Krankenhäuser. Diese verfügen in der Regel auch über eine Kinderklinik. Daneben gibt es aber auch kleinere Krankenhäuser der Grundversorgung mit verschiedensten Trägern: Kreiskrankenhäuser, kleinere städtische Krankenhäuser, kirchliche und Belegkrankenhäuser, Privatkliniken und anthroposophische Krankenhäuser. An der Größe und am Träger allein können Sie noch nicht erkennen, welche Art der Geburtshilfe in der jeweiligen Einrichtung praktiziert wird. So gibt es große Kliniken, die trotz aller verfügbaren Medizintechnik gemütliche Kreißsäle und eine zurückhaltende Geburtshilfe anbieten. Andererseits werden Sie aber auch auf kleine Krankenhäuser treffen, die sich durch eine Geburtshilfe auszeichnen, die häufig in den natürlichen Ablauf eingreift.
Innerhalb der einzelnen Häuser unterscheidet man zwischen Hauptabteilungen (Gynäkologie und Geburtshilfe) und Belegabteilungen.

Universitätskliniken und Perinatalzentren

Ausgerüstet für den Notfall

Perinatalzentren finden Sie vor allem in Universitätskliniken und großen städtischen Krankenhäusern. Sie sind für Risikofälle eingerichtet. Kommt ein Kind beispielsweise viel zu früh auf die Welt, wird die werdende Mutter, falls die Zeit es zulässt, in ein Perinatalzentrum gebracht. Das sollte möglichst geschehen, solange das Baby noch im Bauch ist, denn der Transport außerhalb der Gebärmutter wäre für ein Frühchen sehr belastend.

Bei Risikogeburten die erste Wahl

Die Entscheidung für ein Perinatalzentrum fällt meist aufgrund bestimmter Risiken wie Mehrlings- oder Frühgeburten, schwere mütterliche Erkrankungen wie Diabetes oder Herzfehler sowie bei diagnostizierten Erkrankungen des Neugeborenen. Diese können dort unmittelbar nach der Geburt behandelt werden. Frauen, die ein großes Sicher-

heitsbedürfnis haben, entscheiden sich oft für solch eine technisch und personell hoch ausgerüstete Klinik.
Ein weiterer Vorteil der Perinatalzentren ist die große Anzahl an Personal. Im Falle einer operativen Entbindung ist das Operationsteam meist schon vor Ort und der Eingriff kann ohne Zeitverlust vorgenommen werden.

Viele helfende Hände

Als Nachteil empfinden viele Frauen, gerade während der Geburt, dass diese Häuser immer auch Ausbildungskliniken sind. Angehende Ärzte und Hebammenschülerinnen vermehren die Personenzahl im Kreißsaal und sorgen für Unruhe.
Auf der anderen Seite fühlen sich manche Frauen sicherer, wenn sich während der gesamten Geburt eine Hebammenschülerin um sie kümmert.

WICHTIG

So finden Sie die richtige Klinik

- Sie sollten Vertrauen in das Krankenhaus, beziehungsweise in dessen Personal haben und mit gutem Gefühl dort hingehen.
- Sprechen Sie möglichst viele Eltern auf deren Erfahrungen mit den diversen Kliniken an.
- Diskutieren Sie im Geburtsvorbereitungskurs über die Unterschiede zwischen den einzelnen Einrichtungen und wägen Sie ab, was Ihnen am wichtigsten ist.

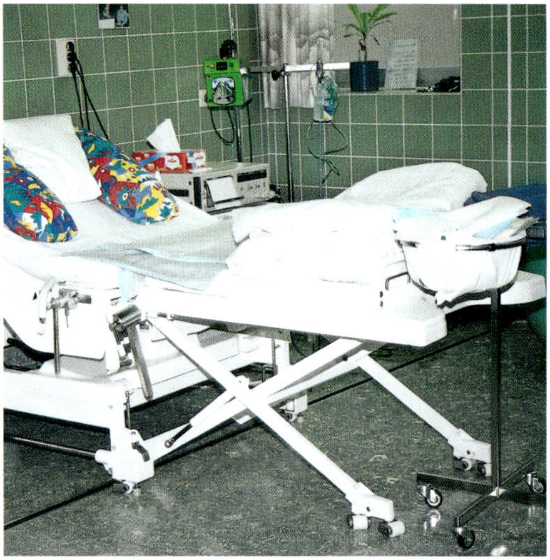

Kreis- und städtische Krankenhäuser

In vielen Kliniken ist der Kreißsaal vor allem funktional eingerichtet.

Auch diese Krankenhäuser können sehr groß sein. Oftmals sind es aber kleinere Abteilungen, in der Regel ohne angeschlossene Frühgeborenenstation. Normalerweise sind mindestens zwei Kreißsäle vorhanden, in manchen Häusern sogar mehr.
Da ein solches Krankenhaus fast immer in erreichbarer Nähe ist, entscheiden sich viele werdende Eltern für das nächstgelegene städtische Krankenhaus.
Ein Team, bestehend aus Arzt und Hebamme, ist ständig anwesend – auch nachts und am Wochenende. Ein weiteres Team steht in Rufbereitschaft zur Verfügung – für besondere Fälle.

Selbstverständlich sind auch diese Häuser für Kaiserschnitte und Notfälle ausgerüstet.
Meist handelt es sich um Hauptabteilungen mit Chefarzt, Oberarzt und Assistenzärzten. Es gibt aber auch in diesen Krankenhäusern Belegarztabteilungen.

Belegkliniken

In Belegkliniken haben niedergelassene Ärzte Betten, das heißt sie kommen nur zur Geburt in die Klinik. Der Vorteil ist, dass Sie den Arzt, der Sie betreut, bereits aus der Schwangerschaftsvorsorge kennen. Sind die Hebammen ebenfalls Beleghebammen, können Sie sich auch die Hebamme selbst aussuchen. Auf diese Weise werden Sie von einem Ihnen vertrauten Personenkreis begleitet.

Sicherheit durch vertraute Gesichter

Belegkliniken haben selbstverständlich einen Operationssaal, operative Geburten sind folglich kein Problem.

Arzt auf Abruf

In Belegabteilungen ist nicht zwangsläufig ein Arzt im Haus. Oftmals kommt er nur zur Geburt, zu den Visiten und bei besonderen Problemen.
In manchen Belegabteilungen ist die Kaiserschnittrate und die Anzahl der Geburtseinleitungen sehr hoch. Das liegt daran, dass der Arzt zusätzlich zu seiner Kliniktätigkeit in einer Praxis Sprechstunden abhält. Geburten bedeuten also meist eine Unterbrechung im Praxisbetrieb, für die nicht unbegrenzt Zeit zur Verfügung steht – das ist sicher ein Nachteil. Fragen Sie nach den jeweiligen Prozentzahlen!

Vor- und Nachteile abwägen

Beleghebammen

Welche Frau wünscht sich nicht, während der Geburt von einer vertrauten Person exklusiv betreut zu werden? Der Schichtbetrieb in den Kliniken bringt aber meist einen Wechsel in der Hebammenbetreuung mit sich, denn eine Geburt zieht sich ja in der Regel über viele Stunden hin – vor allem bei Erstgebärenden.
Eine Hebamme, die während der gesamten Geburt ausschließlich für eine Frau zuständig ist – diesen »Luxus« gibt es nur bei Hausgeburten und im Geburtshaus.
Aber auch in Belegabteilungen, manchmal sogar in anderen Krankenhäusern, arbeiten Beleghebammen. Das bedeutet, Sie können sich die Hebamme aussuchen, die mit Ihnen zur Geburt geht und später die Nachsorge übernimmt. Wo und wie Sie eine Hebamme finden, die Sie während der Geburt und im Wochenbett betreut, lesen Sie auf Seite 31.

Alles in einer Hand

Flexibel bleiben

Fixieren Sie sich bei der Wahl Ihrer Hebamme nicht zu sehr auf eine Person. Auch Ihre Wunschhebamme kann einmal krank werden oder aus anderen Gründen ausfallen. Wenn eine Geburt mehrere Tage dauert, ist ein Hebammenwechsel schon wegen Übermüdung dringend angeraten.

Hebammengeburt mit Sicherheitspolster

Eine Besonderheit sind Krankenhäuser, die mit niedergelassenen Hebammen zusammenarbeiten. Die Hebamme gehört nicht zum Klinikpersonal. Sie arbeitet freiberuflich und kommt auf Anfrage mit der Gebärenden in den Kreißsaal der Klinik und betreut diese während der gesamten Geburt. Treten Schwierigkeiten auf, kann der Arzt geholt werden. Alle Geräte der Klinik sowie der Operationssaal stehen Ihnen bei Bedarf zur Verfügung.

Sicherheit plus persönliche Betreuung

Diese Möglichkeit stellt eine optimale Verbindung zwischen persönlicher Betreuung durch eine vertraute, selbst gewählte Hebamme und dem schnellen Einsatz von Ärzten und medizinischen Hilfsmitteln dar, falls diese gebraucht werden.

Info-Abende nutzen

Alle Kliniken bieten Info-Abende an. Dort werden der normale Geburtsablauf und die Praktiken der jeweiligen Klinik vorgestellt. Im Rahmen eines solchen Abends haben Sie Gelegenheit, alle Ihre Fragen loszuwerden. Am besten überlegen Sie bereits zu Hause, was Sie wissen möchten und schreiben Ihre Fragen auf.

Falls eine Kreißsaalbesichtigung nicht vorgesehen oder gerade nicht möglich ist und Sie mit Ihrem Geburtsvorbereitungskurs auch nicht in den Kreißsaal gehen, sollten Sie auf jeden Fall die verantwortlichen Hebammen nach Terminen für eine Besichtigung fragen. (Setzen Sie sich bei dieser Gelegenheit ruhig mal auf einen Gebärhocker oder probieren Sie andere Hilfsmittel aus.)

Aber bedenken Sie: Info-Abende sind immer auch Werbeveranstaltungen!

Info-Abende sind eine gute Gelegenheit, den Kreißsaal zu besichtigen.

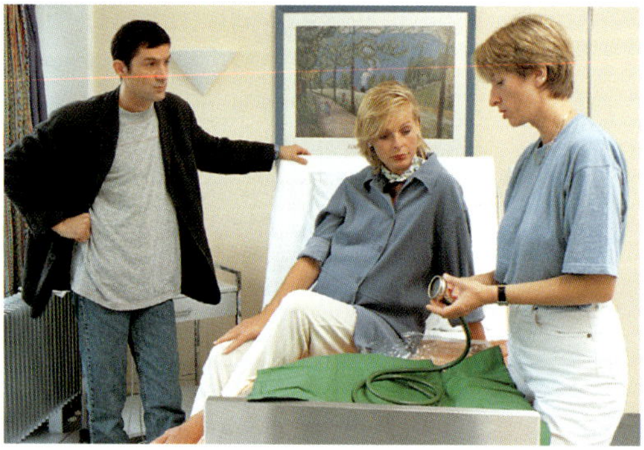

Die Wochenstation

Vorher erkundigen

Wie bereits erwähnt, äußern sich viele Mütter nach einer Klinikgeburt besonders negativ über den Aufenthalt auf der Wochenstation. Auch hier gibt es gravierende Unterschiede zwischen den einzelnen Kliniken.

Das liegt zum einen an der Einstellung der Schwestern und Stationsärzte, zum anderen aber auch an der zunehmenden Arbeitsbelastung des Klinikpersonals. Durch die drastischen Einsparungen im Gesundheitswesen wird die anfallende Arbeit auf immer weniger Schultern verteilt. Geburten lassen sich aber nicht planen, sie häufen sich an manchen Tagen – in diesem Fall sind natürlich auch die Wochenstationen überfüllt. Also bleibt dem zuständigen Personal noch weniger Zeit als sonst, sich intensiv um die Mütter und ihre Bedürfnisse zu kümmern.

Überlastete Schwestern

Immer mehr Kliniken bieten flexible Essenszeiten und ein Büfettsystem an, so dass Sie in Ruhe zu Ende stillen und anschließend essen können. Gibt es ein separates Speisezimmer, ist das eine schöne Gelegenheit, andere Mütter zu treffen und sich auszutauschen. Sie müssen ja nicht den ganzen Tag im Bett liegen. Nicht selten entwickeln sich aus zufälligen Klinikbekanntschaften langjährige Freundschaften. Diese Möglichkeit sollten Sie sich nicht entgehen lassen.

Kontakt mit anderen Müttern

Darauf kommt es an

Das Kind gehört zur Mutter

Das wichtigste Kriterium ist, dass Sie Ihr Kind bei sich im Zimmer behalten dürfen, wann immer Sie möchten – auch nachts. Das Argument vieler Krankenschwestern, die Mütter sollten sich erholen, widerspricht dem normalen Interesse einer Frau, die gerade ein Kind geboren hat: Sie will es bei sich haben und fühlt sich am sichersten, wenn es neben ihr im Bett liegt. Ein Kind im Kinderzimmer löst dagegen bei vielen Müttern Unruhe aus: Ist das mein Kind, das da schreit? Wird es mir nachts auch wirklich gebracht, wenn es Hunger hat, oder bekommt es vielleicht etwas zugefüttert? Wie geht es meinem Kind, schläft es oder vermisst es mich?

WICHTIG

Setzen Sie sich durch

Bestehen Sie darauf, Ihr Kind nachts bei sich zu haben, wenn Sie dies wollen. Wünschen Sie, dass es im Säuglingszimmer bleibt, sollten Sie auf jeden Fall sicherstellen, dass es Ihnen nachts zum Stillen gebracht wird. Das ist schon allein deshalb wichtig, damit der Milchfluss bei Ihnen richtig in Gang kommt.

Probleme beim Stillen

Unterstützung ist wichtig

Ein zweites – oft zeitliches Problem – ist die mangelnde Unterstützung beim Stillen. Gerade in den ersten Tagen fühlen sich viele Mütter noch unsicher und wissen nicht, wie sie ihr Kind anlegen sollen. Falls es auf Ihrer Station keine Still- oder Laktationsberaterin gibt und die Krankenschwestern wenig Zeit haben, gehen Sie ruhig mal in den Kreißsaal. Vielleicht hat eine Hebamme eine ruhige Stunde und kann Ihnen weiterhelfen. Sie können auch eine andere Mutter, die bereits Stillerfahrung hat, um Unterstützung bitten.

WICHTIG

Lassen Sie sich helfen

Damit das Stillen von Anfang an klappt und Sie nicht unter wunden oder gar entzündeten Brustwarzen leiden, ist es besonders wichtig, dass Ihnen genau gezeigt wird, wie Sie Ihr Baby am günstigsten anlegen.

Stillfreundliche Klinik

Ausgezeichnete Krankenhäuser

Wenn Sie in einer Klinik entbinden, die mit der Plakette »Stillfreundliches Krankenhaus« ausgezeichnet ist, brauchen Sie sich keine Sorgen zu machen. Um diese Auszeichnung zu bekommen, müssen die Krankenhäuser hohe Ansprüche erfüllen:

Picassos Zeichnung ziert die Plakette, mit der Kliniken ausgezeichnet werden, die das Stillen optimal unterstützen.

- Es darf keinerlei Werbung für Muttermilchersatzprodukte oder stillfeindliche Utensilien gemacht werden.
- Es darf kein Tee oder künstliche Nahrung zugefüttert werden, außer mit medizinischer Begründung.
- Alle Beschäftigen auf der Station müssen ein hohes Fachwissen zum Thema Stillen nachweisen.
- Es dürfen keine Schnuller verwendet werden.

Family-In

Neues Angebot

Ein neues Angebot mancher Krankenhäuser ist das »Family-In«: Der Vater kann bei Ihnen im Zimmer wohnen und zahlt für das Essen und das Bett einen bestimmten Betrag an die Klinik.

WICHTIG

Hierin unterscheiden sich Kliniken besonders

- Kaiserschnittrate
- Dammschnittrate
- Anzahl der Geburtseinleitungen
- PDA-Rate
- Einsatz von Schmerzmitteln
- freie Wahl der Gebärposition
- Möglichkeit zur Wassergeburt
- Rooming-In (Tag und Nacht)
- Family-In (Vater ist dabei)
- flexible Essenszeiten oder Büfettsystem
- Stillförderung
- Möglichkeit mit »eigener« Hebamme zu gebären
- Alternative Angebote wie Homöopathie, Akupunktur etc.

Außerklinische Geburten

Alle Geburtsmöglichkeiten außerhalb von Krankenhäusern bezeichnet man als außerklinische Geburten.

Nicht immer Klinik

Kennzeichnend für diese Art der Geburtshilfe ist, dass Sie in der Regel von Hebammen betreut werden, die Sie bereits kennen – sei es aus der Schwangerschaftsvorsorge oder aus dem Geburtsvorbereitungskurs. Medizinische Eingriffe werden in der außerklinischen Geburtshilfe in der Regel nicht vorgenommen.

Kein höheres Risiko

Eine Geburt außerhalb einer Klinik kommt daher nur für Frauen ohne geburtsrelevante Risiken in Frage. Im Falle von unerwarteten Komplikationen müssen Sie in eine nahe gelegene Klinik verlegt werden. Unter dieser Voraussetzung ist eine Geburt ohne Arzt und sofort verfügbare Technik nicht riskanter als eine Klinikgeburt – das haben einschlägige Untersuchungen zweifelsfrei und übereinstimmend ergeben.

In folgenden Fällen müssen Sie zur Geburt in die Klinik

Risikogeburt immer in der Klinik

- Zustand nach Kaiserschnitt
- EPH-Gestose (auch Schwangerschaftsvergiftung genannt)
- Plazenta praevia (die Plazenta liegt teilweise oder ganz vor dem Muttermund. Das Kind kann also nicht vaginal geboren werden.)
- Frühgeburt
- Mehrlingsgeburt
- Quer-, Schräg- und Beckenendlage
- Plazentainsuffizienz (das Kind wird im Mutterleib nicht mehr ausreichend ernährt.)
- Geburtsrelevante Krankheiten der Mutter wie Diabetes oder Bluthochdruck
- »echte« Übertragung (siehe Seite 85 f.)
- grünes Fruchtwasser
- sehr großes oder sehr kleines Kind

Geburtshaus

Die ersten Geburtshäuser wurden Ende der 80er Jahre von engagierten Eltern, Geburtsvorbereiterinnen und Hebammen als weitere Alternative zur Klinikgeburt gegründet. Sie stellen einen Gegenpol zur technisch-klinischen Geburtshilfe dar.
Innerhalb der letzten Jahren sind zahlreiche neue Geburtshäuser dazugekommen: Allein in Berlin gibt es mittlerweile sieben Stück. Aber auch auf dem Land können Sie fündig werden (Internet-Adresse der Geburtshäuser finden Sie im Anhang, Seite 125).
Für viele Frauen bedeutet eine Geburt im Geburtshaus der »goldene Mittelweg« zwischen Klinik- und Hausgeburt.

Sicherheit durch intensive Betreuung

Bis auf wenige Ausnahmen werden Sie im Geburtshaus von Hebammen betreut – einige Häuser arbeiten aber auch mit Ärzten zusammen. Geburtshaus-Hebammen legen großen Wert auf die intensive Betreuung der Frauen vor, während und nach der Geburt. Die Geburt selbst wird als natürlicher physiologischer Prozess betrachtet und die Frauen entsprechend ihren Bedürfnissen individuell unterstützt. Im Geburtshaus bringen Sie Ihr Kind in einer persönlichen Atmosphäre zur Welt. Die intime, ungestörte Umgebung und die behutsame Begleitung durch eine oder zwei bekannte Hebammen bieten günstige Voraussetzungen für einen normalen Geburtsverlauf. Medizinische Eingriffe wie operative Geburten, eine PDA (Periduralanästhesie) oder Ähnliches sind im Geburtshaus nicht möglich – bei ernsthaften Problemen ist eine Verlegung in ein nahe gelegenes Krankenhaus notwendig. Da die Hebammen aus Sicherheitsgründen eher zu früh als zu spät verlegen, ist die Zahl der »Zwischenfälle« sehr gering. Zudem besteht in allen Geburtshäusern die Möglichkeit, das Neugeborene im Notfall

Geburt ist keine Krankheit

Im Geburtshaus stehen die Bedürfnisse und Wünsche der Frau im Vordergrund.

künstlich zu beatmen. Die Ausrüstung dazu und entsprechende Medikamente sind vorhanden. Die Hebammen sind selbstverständlich in Notfallmaßnahmen ausgebildet.

Erste Hilfe gewährleistet

Den Mangel an technischem Equipment machen Geburtshäuser durch ihr umfassendes Betreuungsangebot wett.

Geburt in vertrauter Umgebung

Kein Schichtwechsel während der Geburt

Zur Geburt kommen Sie an einen vertrauten Ort. Vielleicht waren Sie bereits zur Vorsorge dort, haben allein oder zusammen mit Ihrem Partner einen Geburtsvorbereitungskurs besucht. Sie kennen alle Hebammen und sind dadurch nicht mit fremden Personen konfrontiert. Während der Geburt werden Sie von Anfang bis Ende von einer, maximal zwei Hebammen exklusiv begleitet. Sie können entscheiden, wie Sie Ihr Baby gebären möchten: in der Wanne, auf dem Gebärhocker oder im Liegen.

Auf dem Gebärhocker werden viele Kinder geboren.

Nach wenigen Stunden zu Hause

Wenn das Baby da ist und keine gesundheitlichen Probleme auftreten, können Sie nach wenigen Stunden mit Mann und Kind nach Hause. Dort werden Sie von einer der Hebammen mindestens zehn Tage lang betreut – bei Bedarf auch länger. Eine Geburt im Geburtshaus läuft ähnlich ab wie eine Hausgeburt – mit dem Unterschied, dass Sie zur Geburt ins Geburtshaus gehen. Außer einem gemütlichen Nest für das Wochenbett müssen Sie zu Hause nichts Besonderes vorbereiten.

Nicht vom Vater getrennt

Die Krankenkassen zahlen nur einen Teil

Leider übernehmen die meisten Krankenkassen nur einen Teil der Kosten – obwohl diese viel niedriger sind als bei einer Klinikgeburt. Wenn Sie sich für eine Geburt im Geburtshaus entscheiden, müssen Sie in der Regel einen Eigenanteil von 250 bis 500 Euro (für die Rufbereitschaft der Hebammen) leisten. Mit einigen Krankenkassen gibt es mittlerweile allerdings Vereinbarungen zur Kostenübernahme. Erkundigen Sie sich rechtzeitig, ob Ihre Kasse dazugehört.

Nicht ganz billig!

Hausgeburt

Bei einer Hausgeburt müssen Sie bereits im Vorfeld einiges vorbereiten und anschaffen (siehe Seite 49). Vor allem müssen Sie sich rechtzeitig um eine Hebamme bemühen, die Sie im Idealfall bereits während der Schwangerschaft betreut. Wenn es dann soweit ist, kommt die Hebamme zu Ihnen ins Haus. In der Regel übernimmt sie auch die Nachsorge im häuslichen Wochenbett.

Vorbereitungen treffen

Geborgenheit und Kompetenz

Frauen, auf die die unpersönliche Atmosphäre einer Klinik eher verunsichernd wirkt und die sich in den Händen einer kompetenten Fachfrau sicherer fühlen als im Kreißsaal mit wechselndem Personal, entscheiden sich entweder für ein Geburtshaus oder eben für eine Hausgeburt. In den eigenen vier Wänden fühlen sie sich gut aufgehoben und geborgen. Hier sind alle ihre Lieben um sie herum. Sie müssen unter Wehen nicht mehr umziehen und können nach der Geburt einfach liegen bleiben. Es erscheint ihnen als das natürlichste, zu Hause im alltäglichen Lebensraum auch die Geburt ihres Kindes zu erleben. Wenn keine gesundheitlichen Probleme zu erwarten sind, ist dies eine schöne Möglichkeit, das Leben mit dem Kind gleich in der Familie zu beginnen.

Väter sind hautnah dabei

Auf gute Organisation kommt es an

Wenn Sie sich zu einer Hausgeburt entschließen, besprechen Sie mit Ihrer Hebamme, was Sie alles vorbereiten müssen. Sie brauchen deshalb nicht die ganze Wohnung umzustellen. Aber Sie sollten sich überlegen, welcher Raum für die Geburt geeignet ist. Ideal sind variable Polster, Möbel, die gut stützen, eventuell ein großer Gymnastikball oder eine Hängematte und die Nähe zum Bad und zur Toilette.
Manche Hebammen bringen einen Gebärhocker mit.

Früher war sie gang und gäbe, die Geburt im Kreise der Familie.

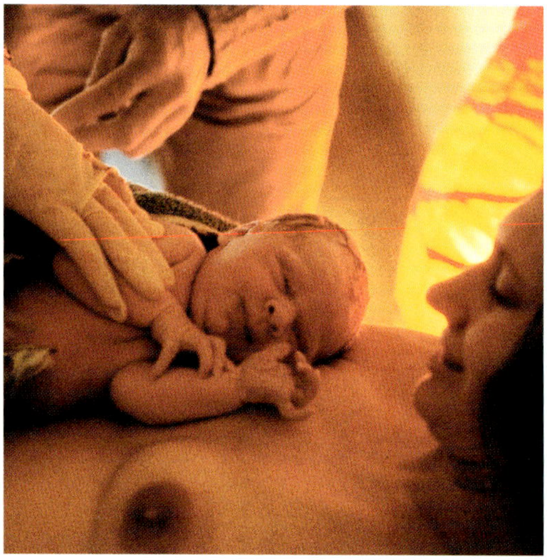

Für eine Hausgeburt brauchen Sie

- eine sehr helle, bewegliche Lampe, falls der Damm untersucht und genäht werden muss
- Laken, Betttücher, Handtücher sowie große Zellstofftücher
- wasserfeste Unterlagen: Wachstuchdecke oder Plastikplanen zum Schutz von Bett und Teppichboden
- einen Behälter oder eine Tüte für die Plazenta
- genügend Mülltüten
- ausreichend Eisbeutel und Kühlelemente im Gefrierfach
- einen Ablagetisch für die Utensilien der Hebamme
- eine Wärmelampe für das Baby oder besondere Heizmöglichkeiten
- Monatsbinden und Einlegewindeln für die ersten Tage des Wochenflusses
- eventuell einen Babysitter für die Geschwisterkinder

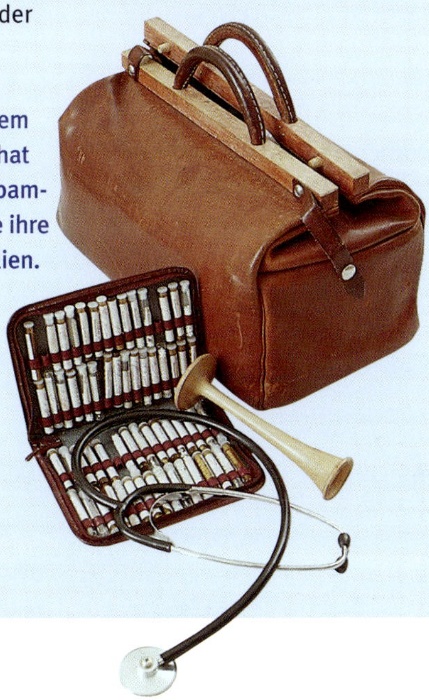

In diesem Koffer hat die Hebamme alle ihre Utensilien.

Klinikkoffer nicht vergessen

Auch wenn Sie eine Hausgeburt planen, sollten Sie einen Klinikkoffer mit Kleidung für sich und das Baby packen (siehe Seite 67), falls Sie kurzfristig doch in die Klinik müssen. Vergessen Sie nicht, Ihre Papiere bereitzulegen, insbesondere den Mutterpass.

Lassen Sie sich nicht stören

Nicht zu viele Menschen

Auch wenn Sie zu Hause gebären, sollten Sie dafür sorgen, dass Sie ungestört sind. Zu viele Anwesende lenken Sie von Ihrer Geburtsarbeit ab und wirken vermutlich eher störend als unterstützend. Daher sollten Sie sich die Möglichkeit offen halten, Freunde oder Verwandte hinauszuschicken, wenn es Ihnen zu viel wird. Sprechen Sie diesen Punkt bereits vor der Geburt an, damit niemand sich gekränkt fühlt. Das Gleiche gilt auch für anwesende Kinder: Wenn Sie sich gestört fühlen oder die Kinder überfordert sind, sollten Sie sie bitten, hinauszugehen.

Betreuung für kleine Kinder

Kleinere Kinder brauchen eine eigene Betreuungsperson, die sich nur um deren Bedürfnisse kümmert und ihnen erklärt, was gerade mit ihrer Mutter passiert, und dass es ihr trotz der starken Schmerzen gut geht. Vor allem kleine Kinder sind leicht überfordert.

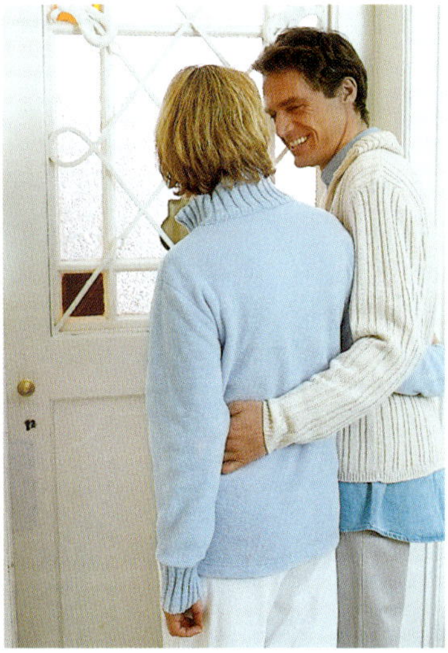

Ein paar persönliche Worte an der Haustür, dann wissen die Nachbarn Bescheid.

Nachbarn vorher informieren

Lassen Sie sich nicht durch falsche Rücksichtnahme auf Ihre Nachbarn aus dem Konzept bringen. Am besten informieren Sie Ihre Mitbewohner vorher darüber, dass Ihr Baby voraussichtlich zu Hause auf die Welt kommen wird und dass es unter Umständen laut werden kann – auch nachts. Nichts sollte Sie von der Geburt ablenken, keine Scham darf Sie veranlassen, sich zusammenzunehmen. Die enge Nachbarschaft ist für viele Frauen ein entscheidendes Argument, lieber ins Geburtshaus zu gehen. Früher war das anders, da kamen fast alle Kinder zu Hause auf die Welt, und die Menschen waren darauf eingestellt.

Hausgeburt heute die Ausnahme

Blitzgeburt

Manchmal kommt es völlig unvorbereitet zu einer nicht geplanten Hausgeburt, oder aber die Geburt findet im Auto oder gar im Lift statt. Bei Geburten, die plötzlich und unerwartet losgehen, zeigt sich, wie wenig eigentlich dazu nötig ist, ein Kind zu gebären. Der Körper einer gesunden Frau bringt alle Voraussetzungen dazu mit. Aufhalten können Sie den Geburtsprozess nicht, also versuchen Sie, gut für sich und Ihr Kind zu sorgen. Lassen Sie sich von Ihrem Partner helfen. Bleiben Sie ruhig und nehmen Sie die Körperhaltung ein, die Ihnen am angenehmsten ist. Denken Sie daran, gleichmäßig mit den Wehen zu atmen und zu stöhnen. Kurbeln Sie im Auto die Sitze in Liegeposition und legen Sie eine Jacke oder Ähnliches unter Ihr Becken. Nehmen Sie ruhig Ihre Hände zur Hilfe und spüren Sie, wie das Köpfchen kommt. Am besten lassen Sie das Baby sanft in Ihre Hände gleiten.

Wenn es anders kommt als geplant

Der Partner ist gefragt

Wärme und Geborgenheit

Nach der Geburt kommt es darauf an, das Baby möglichst warm zu halten. Am besten legen Sie sich das Neugeborene auf den Bauch und breiten Kissen, eine

Decken und Kissen bereithalten

Decke oder einen Mantel darüber, je nachdem, was Sie gerade zur Verfügung haben. Alles weitere – wie das Durchschneiden der Nabelschnur – kann später geschehen, wenn die Hebamme eintrifft und sich um Sie und das Baby kümmert. Sollte die Plazenta geboren werden, bevor die Hebamme kommt, macht das auch nichts – einfach an der Nabelschnur lassen.
Falls Sie oder Ihr Partner die Nabelschnur durchtrennen möchten, was aber meist nicht nötig ist, warten Sie, bis diese nicht mehr pulsiert, und binden sie mit einer beliebigen Schnur ab. Ein langes Stück Nabelschnur muss dabei am Kind verbleiben.

Nicht unbedingt in die Klinik

Wenn die Geburt ohne Komplikationen verlief, die Hebamme Sie und Ihr Kind untersucht und versorgt hat, müssen Sie nicht zwangsläufig noch in ein Krankenhaus. Sie können Ihr Wochenbett, falls Sie das wünschen, auch zu Hause verbringen. Voraussetzung ist allerdings, dass Sie eine Hebamme für die Nachsorge organisiert haben, dass Ihr Partner Urlaub nehmen kann und dass Sie tatkräftige Hilfe im Haushalt haben.

Nicht unbedingt in die Klinik

WICHTIG

Keine Hektik

Versuchen Sie, möglichst gelassen zu bleiben! Das gilt besonders auch für andere Anwesende. Wahrscheinlich werden alle anderen Personen um Sie herum aufgeregter sein als Sie selbst. Bitten Sie um Ruhe und schicken Sie überflüssige Personen aus dem Raum, wenn Sie sich gestört fühlen.

Was kann der Partner tun?

Bewahren Sie die Ruhe und rufen Sie eine Hebamme an. Atmen Sie gemeinsam mit Ihrer Partnerin und stützen Sie sie. Streicheln und massieren Sie sie im Rhythmus des Ausatmens. Helfen Sie Ihrer Partnerin, eine aufrechte oder im Liegen, eine seitliche Haltung zu finden, das ist günstiger als die Rückenlage. Vertrauen auch Sie darauf, dass der Körper Ihrer Frau weiß, was während einer Geburt zu tun ist. Sorgen Sie für eine ungestörte, intime Atmosphäre. Falls der herbeigerufene Notarzt kommt, während Ihre Frau das Kind bereits hinausschiebt, dann bleiben Sie beide an Ort und Stelle – eine Geburt im Rettungswagen ist nicht sehr angenehm. Sorgen Sie, wenn möglich dafür, dass warme Handtücher oder Decken bereitliegen, mit denen Sie Ihr Kind zudecken, wenn es nach der Geburt am Körper der Mutter liegt.

Ruhig mitatmen

Ruhe bewahren

Geburtsvorbereitung

Die beste Geburtsvorbereitung für Sie und Ihr Kind sind die neun Monate der Schwangerschaft. Darüber hinaus gibt es aber auch eine Reihe von Dingen, die Sie noch tun können, um sich auf das besondere Ereignis Geburt und die aufregende erste Zeit mit Ihrem Kind einzustimmen.
In diesem Kapitel erfahren Sie alles über Geburtsvorbereitungs- und Säuglingspflegekurse. Sie erhalten aber auch wichtige Tipps, wie Sie Ihren Körper auf die Geburt vorbereiten, was Sie alles für Ihr Baby anschaffen müssen und welche Gegenstände in den Klinikkoffer gehören.

Kurse für werdende Eltern

In allen größeren Städten gibt es ein breit gefächertes Angebot an Kursen, mit denen sich werdende Eltern auf die Geburt und die aufregende Zeit danach einstimmen können.

Geburtsvorbereitungskurse

So, wie Sie Ihren Geburtsort sorgfältig aussuchen, sollten Sie sich auch bei Geburtsvorbereitungskursen vorher nach den Inhalten erkundigen. Die Kurse sind sehr unterschiedlich, da sie von verschiedenen Berufsgruppen und in diversen Einrichtungen angeboten werden. Es gibt Geburtsvorbereitungskurse nur für Frauen, für allein Erziehende, für Mehrgebärende und für Paare. Darüber hinaus gibt es Kompakt-Wochenendkurse. Bei einigen Paarkursen sind nur einzelne Abende mit Partner vorgesehen, bei anderen ist der Partner immer dabei. Fragen Sie danach, bevor Sie sich anmelden. Die Krankenkassen übernehmen nur 14 Stunden. Alles was darüber hinausgeht und den Anteil für den Partner müssen Sie selbst zahlen.

Inhalte wichtig

Mit Partner oder ohne

Das erwartet Sie

Nun zu den Inhalten eines Geburtsvorbereitungskurses. Er sollte drei Bereiche abdecken:

- Informationen
- Körperarbeit
- Austausch mit anderen

Eine Geburtsvorbereiterin kann Sie – zusätzlich zur Lektüre dieses Buches – über viele Themen rund um Schwangerschaft, Geburt und Elternsein umfassend informieren. Trotzdem sollte der Kurs keine Lehrveranstaltung sein, in der Sie mit Wissen »vollgestopft« werden, sondern eine unterhaltsame, entspannte Möglichkeit, sich mit Gleichgesinnten über Fragen, Unsicherheiten, Freuden und Ängste auszutauschen und kompetenten Rat einzuholen. Es sollte also genügend Zeit für das gemeinsame Gespräch vorhanden sein. Nur so können Sie gegenseitig von Ihren Erfahrungen profitieren, gemeinsam nach Lösungsmöglichkeiten suchen und Ihren eigenen Standpunkt finden. Schließlich sollen Sie nicht die Ansichten der Kursleiterin übernehmen, sondern herausfinden, was für Sie und Ihr Kind das Richtige ist.

Erfahrungsaustausch

Geburtsvorbereitung beim zweiten oder ... Kind

Pause vom Alltag

Manche Frauen und Paare, die bereits eine oder mehrere Geburten erlebt haben, wollen bei weiteren Kindern auf den Kurs verzichten. Das wäre schade, denn gerade wenn schon ein oder mehr Kinder da sind, bleibt den Eltern oft wenig Zeit, sich auf das neue Kind einzustimmen. Ein Geburtsvorbereitungskurs bietet die Chance, gemeinsam etwas für sich und das neue Kind zu tun. Die Entspannungsübungen und Gespräche werden Sie aus Ihrem Alltag etwas »herauslösen«.

Mehr als Geburtsvorbereitung

Auch geht es in einem Geburtsvorbereitungskurs nicht nur um die reine Vorbereitung auf die Geburt. Es sollte auch über Ihr Befinden gesprochen werden – darüber, wie Sie und Ihr Partner die Schwangerschaft erleben, und nicht zuletzt über die anstehenden Veränderungen, die Sie nach der Geburt erwarten! Alle diese Themen, die Sie in der Schwangerschaft beschäftigen, sind schwer in Kursen mit sieben Treffen à zwei Stunden unterzubringen. Schauen Sie sich also sorgfältig nach den Angeboten an Ihrem Wohnort um und fragen Sie nach den Inhalten und der Anzahl der Stunden. Am besten erkundigen Sie sich bei anderen Frauen und Paaren nach deren Erfahrungen.

Im Bekanntenkreis umhören

Ein guter Geburtsvorbereitungskurs ist auch deshalb so wichtig, weil Sie dort Menschen kennen lernen, die in der gleichen Situation sind wie Sie. Erfahrungsgemäß treffen sich die Teilnehmer oft noch jahrelang und unterstützen sich somit gegenseitig. Schon allein aus diesem Grund lohnt es sich, in der Schwangerschaft nach einem Kurs Ausschau zu halten, der werdenden Eltern Raum und Zeit für Gespräche gibt und den Kontakt untereinander fördert.

Gemeinsam atmen, sich bewegen und diskutieren, das macht Spaß.

Darauf sollten Sie bei der Wahl Ihres Kurses achten

Nicht zu viele Teilnehmer

- Erkundigen Sie sich nach der Anzahl der Teilnehmerinnen. Bei Kursen mit 30 und mehr Personen sind Gespräche kaum möglich. Die Veranstaltung gleicht dann eher einer Turnstunde.
- Kurse, die in Kliniken abgehalten werden, orientieren sich oft nur an der eigenen Geburtshilfe, sind also nicht neutral.
- Es wäre gut, wenn die Kursleiterin eine Ausbildung in Gesprächsführung hätte. Fragen Sie, ob Diskussionen und Gruppenübungen angeboten werden.
- Auch Körperarbeit und Atemübungen unterscheiden sich sehr von Kurs zu Kurs. Es ist nicht mehr üblich, die Wehen nach festgelegten Atemmustern zu beatmen. Vielmehr kommt es darauf an, verschiedene Atemformen auszuprobieren, vor allem Laute wie a, o und u, die das Atmen und Stöhnen während der Geburt unterstützen und den Umgang mit den Schmerzen erleichtern sollen.

Abschlusstreffen nach den Geburten

- Um den weiteren Kontakt zwischen den Teilnehmern anzuregen, sollte immer ein »Babytreffen« vorgesehen sein.
- Es gibt auch Kurse, in denen die Kursleiterin ständig wechselt, das ist keine angenehme Form der Gruppenarbeit.

Zusätzliche Angebote

Geeignet für die letzten Wochen

Falls Sie zusätzlich zu Ihrem Geburtsvorbereitungskurs noch etwas für sich und Ihren Körper tun möchten, können Sie aus einer breit gefächerten Angebotspalette den passenden Kurs auswählen. Es ist für jeden Geschmack etwas dabei: Yoga, Bauchtanz und Aerobic für Schwangere sowie Schwangerschaftsgymnastik, -turnen, schwimmen oder -fitness. All diese Angebote dienen der Körperwahrnehmung und der Einstimmung auf die Geburt. Sie ersetzen allerdings keinen ganzheitlichen Geburtsvorbereitungskurs, Sie sollten diesen in jedem Fall besuchen. Auch damit Sie sich gemeinsam vorbereiten können.

Yoga ist eine entspannende Methode, sich auf die Geburt vorzubereiten.

TIPP!

Hier finden Sie den richtigen Kurs

Geburtsvorbereitungs- und andere Kurse gibt es in Zentren »rund um Schwangerschaft und Geburt«, in Familienbildungsstätten und vielen anderen Einrichtungen der Familienbildung wie beispielsweise AWO, DRK, Volkshochschule. Auch Geburtskliniken bieten spezielle Kurse an. Das Gleiche gilt für Hebammenpraxen und Geburtshäuser. Schauen Sie sich die Einrichtungen und deren Angebote vorher an und erkundigen Sie sich nach den Inhalten der betreffenden Kurse sowie nach der Qualifikation der Kursleiterin. Die Kurse von speziell ausgebildeten GfG-Geburtsvorbereiterinnen haben immer einen ganzheitlichen Ansatz und beziehen die Partner mit ein.

Besser durch die Geburt

Weniger Angst durch Information

Ein Geburtsvorbereitungskurs sollte Ihre Einstellung zur Geburt positiv beeinflussen und das Vertrauen in Ihre körperlichen Fähigkeiten stärken. Um Ängste abzubauen, ist es wichtig, den Geburtsablauf zu kennen. Ebenso entscheidend ist es, im Geburtsvorbereitungskurs bewusstes Atmen zu üben. Sie kommen besser mit den Wehen zurecht, wenn Sie gelernt haben, Schmerzen zu beatmen und auf Ihre körperlichen Signale zu achten. Gezielte Wahrnehmungsübungen sind dabei eine gute Hilfe.

Gut für die Paarbeziehung

Sämtliche Themen, die werdende Eltern beschäftigen, können in einem umfassenden Kurs angesprochen und diskutiert werden, so auch die diversen Veränderungen in der Paarbeziehung, Unsicherheiten im Hinblick auf die Sexualität und die Ängste vor der Zukunft zu dritt.

Ein guter Kurs lohnt sich

Nicht am falschen Ende sparen

Gönnen Sie sich einen guten Kurs! Wenn er mehr als 14 Stunden beinhaltet, müssen Sie zwar einen Teil aus eigener Tasche bestreiten, aber das ist eine gute Investition in die Zukunft und zahlt sich erfahrungsgemäß aus.

Vorbereitung mit Partner

Sinnvoll ist es, sich gemeinsam auf die Geburt vorzubereiten. Sie sollten sich aber nicht damit begnügen, dass der Partner lernt, wie er Ihnen während der Geburt am besten helfen kann. Auch Ihr Mann ist »schwanger«, hat Fragen, fühlt sich unsicher und hat möglicherweise Zukunftsängste. In einem ganzheitlichen Geburtsvorbereitungskurs ist Raum und Zeit für die Sorgen und Nöte der werdenden Väter.

TIPP!

Die Zeit nutzen

Machen Sie die Schwangerschaft zu Ihrer gemeinsamen Angelegenheit! Viele Menschen haben heute einen hektischen und zeitintensiven Job, da ist ein Geburtsvorbereitungskurs ideal, um gemeinsam zur Ruhe zu kommen, miteinander zu reden und sich gegenseitig Gutes zu tun.

Was bringt ein Kurs für den werdenden Vater?

Aus freien Stücken entscheiden

Im Gegensatz zur Generation unserer Mütter und Großmütter ist es heute fast selbstverständlich, dass die Väter mit zur Geburt gehen. Es gibt aber durchaus Männer und schwangere Frauen, die sich nicht sicher sind, ob Sie das wirklich wollen. Seien Sie ehrlich miteinander und zwingen Sie sich oder Ihren Partner nicht, etwas gegen das eigene Gefühl zu tun. Sprechen Sie das Thema rechtzeitig vor der Geburt an und versuchen Sie, Verständnis aufzubringen, wenn Ihr Partner Sie nicht begleiten möchte, beziehungsweise wenn Ihre Partnerin Sie nicht dabei haben will. Der gemeinsame Besuch eines Geburtsvorbereitungskurses ist in jedem Fall sinnvoll:

- Er hilft, Vorbehalte und Ängste abzubauen.
- Schwangerschaft und Geburt sind Themen, die beide Elternteile betreffen.
- Auch Männer profitieren von der Körperarbeit, den Massagen, der Entspannung und den Atemübungen.
- Sie treffen andere werdende Väter.
- Durch die Informationen und den Austausch untereinander können Sie sich bewußt für oder gegen Ihre Anwesenheit bei der Geburt entscheiden.
- Sie wissen über Kaiserschnitt und andere Komplikationen Bescheid. Das nimmt Ihnen Ängste.

Gemeinsam vorbereiten

Säuglingspflege

Gelingt es Ihnen, einen Platz in einem umfassenden Geburtsvorbereitungskurs zu bekommen, der auch Stillvorbereitung und die Bedürfnisse und Pflege des Säuglings beinhaltet, brauchen Sie keinen zusätzlichen Kurs. Wenn dieser wichtige Aspekt in Ihrem Kurs allerdings nicht vorkommt oder nur am Rande, ist es durchaus sinnvoll, einen speziellen Säuglingspflegekurs zu besuchen. Heutzutage geht es in Säuglingspflegekursen

In diesem praktischen Möbel hat alles Platz, was Sie zum Wickeln brauchen.

Mehr als Wickeln und Baden

nämlich weniger ums Wickeln und Baden, sondern vor allem um die Bedürfnisse eines Säuglings und wie die Eltern damit umgehen können. Fragen Sie also auch in diesem Fall nach den Kursinhalten, ehe Sie sich anmelden. Wie viel Wäsche oder welche Möbel Sie brauchen, ist nicht das Entscheidende. Viel wichtiger ist es, darüber zu sprechen, was es für Ihr Leben bedeutet, einen Säugling zu haben, der Tag und Nacht betreut sein will. Dieses Thema lässt sich am besten in einem Kurs mit anderen Eltern bereden. Außerdem bekommen Sie in einem solchen Kurs meist wertvolle Tipps, mit denen Sie eine Menge Geld sparen können, wenn es um Anschaffungen für das Baby geht. Da rechnet sich die Kursgebühr ganz schnell. Säuglingspflegekurse werden in Zentren für Geburtsvorbereitung, Kliniken, Geburtshäusern, von Hebammen, Familienbildungsstätten oder ähnlichen Einrichtungen angeboten.

Umgang mit dem Tragetuch

Ein Tragetuch hat viele Vorteile, es ist vielseitig und wächst mit Ihrem Kind mit. Wenn Sie die unterschiedlichen Bindetechniken beherrschen, können Sie Ihr Kind vom ersten Tag bis ins zweite Lebensjahr im Tragetuch transportieren – am Anfang vor dem Bauch, später auf der Hüfte oder auf dem Rücken.

Eine Chance für die Väter

Gerade für Väter bietet das Tragetuch die Möglichkeit zu intensivem körperlichem Kontakt mit ihrem Baby.

Am Anfang brauchen Sie einige Übung, bis Ihnen der Umgang mit dem langen Tuch vertraut ist. In Zentren »rund um die Schwangerschaft und Geburt« werden deshalb spezielle Kurse angeboten, in denen Ihnen die verschiedenen Bindetechniken gezeigt werden.

Zufriedene Babys dank Tragetuch

Wenn Ihnen das Tragetuch zu unhandlich ist, können Sie auch zu einem qualitativ hochwertigen Tragebeutel greifen. Achten Sie beim Kauf auf breite Schultergurte.

Vorteile für Eltern und Kind

- Beim Tragen erfüllen Sie das elementare Bedürfnis Ihres Babys nach Nähe, Hautkontakt, rhythmischem Schaukeln und nach Geräuschen (Stimmen). Ein zufriedenes Baby ist Ihnen gewiss.
- Sie sind mit einem Tragetuch oder einem Tragebeutel kaum eingeschränkt und können nebenbei Arbeiten erledigen. Die Bewegungen beim Staubsaugen, Wäscheaufhängen oder Spülen wird Ihr Kind mögen. Auch in öffentlichen Verkehrsmitteln sind Sie flexibler als mit einem unhandlichen Kinderwagen.

Die tägliche Geburtsvorbereitung

Vor allem gegen Ende der Schwangerschaft haben viele Frauen den Wunsch, gezielt etwas für ihren Körper zu tun.

Einfache Übungen

Die folgenden Übungen können Sie problemlos in den Alltag einbauen. Sie helfen bei Schwangerschaftsbeschwerden, beugen Rückenschmerzen und Krampfadern vor und machen Ihren Körper fit für die Geburt und die Zeit danach.

Zwischendurch die Beine hochlegen, das schont Ihre Venen.

Am Arbeitsplatz oder zu Hause

- Legen Sie Ihre Beine zwischendurch hoch. Wenn Sie einen »stehenden« Beruf haben, setzen Sie sich immer mal wieder hin – Sie haben ein Recht darauf. Bei sitzenden Tätigkeiten schaffen Sie sich Möglichkeiten, Ihre Beine unter dem Schreibtisch oder daneben hochzulegen.
- Im Stehen: Wippen Sie ab und zu von den Fersen auf die Zehen und umgekehrt von den Zehen auf die Fersen. Stellen Sie sich mal auf die Innen-, mal auf die Außenkante Ihrer Füße.
- Im Sitzen: Ziehen Sie die Zehen zum Körper und drücken Sie die Fersen in den Boden und umgekehrt. Gehen Sie auf Ihre Zehenspitzen und heben Sie die Fersen. Heben Sie Ihre Füße leicht an und lassen Sie sie in der Luft kreisen.

Wohltaten für den Körper

Für den Beckenboden

- Im Stehen, Sitzen oder Liegen: Spannen Sie Ihre Beckenbodenmuskulatur an (so als ob Sie dringend auf die Toilette müssen, aber keine Toilette da ist), halten Sie die Spannung einen Moment (atmen aber weiter dabei!) und lassen Sie ganz langsam und bewusst wieder los. So oft wie möglich wiederholen!

Becken-boden nicht vergessen

▶ Wenn Sie ein Gespür für Ihren Beckenboden haben, dann steigern Sie das Anspannen stufenweise nach oben und ebenso langsam stufenweise wieder nach unten – immer gleichmäßig weiteratmen dabei.

▶ Kippen Sie Ihr Becken ganz sanft nach vorn und nach hinten. Einmal machen Sie dabei ein Hohlkreuz, das andere Mal einen runden Rücken. Spüren Sie dabei, in welcher Position Sie automatisch den Beckenboden anspannen – und verstärken Sie die Anspannung. Machen Sie die Bewegung rhythmisch mit dem Ein- und Ausatmen.

Beckenkreisen

▶ Lassen Sie Ihr Becken (unauffällig) mit kleinen Bewegungen kreisen. Versuchen Sie die Bewegung nur mit dem Becken auszuführen. Anfangs legen Sie Ihre Hände auf die Beckenknochen und lassen die Hände das Becken schieben.

Zur Schulter- und Nackenlockerung

Beugt Verspannungen vor

▶ Ziehen Sie Ihre Schultern einatmend zu den Ohren und lassen Sie sie ausatmend wieder fallen.

▶ Kreisen Sie mit den Schultern vorwärts und rückwärts.

▶ Strecken Sie die Arme seitlich mit den Handflächen nach unten aus. Abwechselnd strecken Sie Ihre Finger aus und ballen sie zur Faust – jetzt mit den Handflächen nach oben. Anschließend die Arme nach vorn strecken, wieder abwechselnd die Finger strecken und zu Fäusten ballen – Handflächen erst nach unten, dann nach oben.

Zur Entlastung von Nacken und Schultern

▶ Stellen oder setzen Sie sich aufrecht hin und schieben Sie den Kopf leicht nach vorn – wie ein Vogel der pickt – und wieder zurück: eine ganz leichte, unauffällige Bewegung.

Locker lassen

▶ Lassen Sie den Kopf nach vorn sinken und drehen Sie ihn langsam abwechselnd zur linken und zur rechten Schulter.

▶ Wenn der Kopf an der Schulter angekommen ist, lassen Sie das Kinn noch einmal in Richtung Schulter sinken und atmen dabei aus.

TIPP!

Vor allem für Schreibtisch- bzw. Computer-Arbeiterinnen eignen sich alle oben beschriebenen Bewegungen zur Lockerung des Hals-, Nacken- und Schulterbereiches als ständiges »Ausgleichsprogramm« für zwischendurch. Sie sollten diese Übungen regelmäßig, am besten täglich durchführen.

Achten Sie beim Sitzen darauf, dass Ihr Rücken gerade ist.

Für Ihre Haltung

Rücken- und Schulterproblemen beugen Sie vor, wenn Sie Ihre Haltung immer wieder überprüfen und falls nötig korrigieren:

▶ Beginnen Sie bei den Füßen: Haben Sie die Tendenz, leicht nach innen zu gehen, liegt das Körpergewicht also eher auf der Innenseite Ihrer Füße? Dann verlagern Sie Ihr Gewicht beim Gehen und Stehen bewusst mehr auf die Außenkante.

▶ Stehen und gehen Sie nicht mit ganz durchgedrückten Knien, sondern geben Sie in den Knien weich nach. Üben Sie mit weichen Knien zu stehen, ohne dass es anstrengend wird.

Ohne Anstrengung

▶ Schieben Sie den unteren Teil Ihres knöchernen Beckens leicht nach vorn. Stellen Sie sich vor, Ihr Becken sei ein Eierbecher, in dem Ihr Kind ruht. So kommen Sie aus dem Hohlkreuz und das Gewicht Ihres Bauches wird vom Becken getragen und belastet nicht die Rückenmuskeln.

Hohlkreuz vermeiden

▶ Um Ihre Schultern zu entlasten, ziehen Sie sie hoch und lassen sie wieder fallen. Stellen Sie sich vor, Ihre Schultern seien Kleiderbügel, auf denen ein Kleidungsstück hängt. Das hilft Ihnen vielleicht, Ihre Schultern locker zu lassen.

▶ Denken Sie sich einen Faden, an Ihren Hinterkopf. Dieser Faden zieht Sie hoch und richtet Ihren gesamten Körper auf, wie eine Marionette. Rufen Sie sich dieses Bild täglich in Erinnerung.

▶ Im Sitzen: Ihre Füße sollten fest auf dem Boden ruhen. Falls Sie Straßenschuhe tragen, sollten Sie sie zwischendurch (unter dem Tisch) immer mal wieder ausziehen – das tut gut.

Gönnen Sie Ihren Füßen von Zeit zu Zeit eine Verschnaufpause.

▶ Spüren Sie jetzt Ihre Sitzbeinhöcker (die knöchernen Teile am Po, auf denen Sie sitzen) und bewegen Sie sich leicht vor und hinter die Sitzbeinhöcker, lassen Sie Ihr Becken um Ihre Sitzbeinhöcker kreisen und spüren Sie, wie Sie direkt auf Ihren Sitzbeinhöckern sitzen und sich dabei »automatisch« aufrichten.

Nicht vergessen

▶ Achten Sie bewusst darauf, sich im Sitzen am Schreibtisch oder am Computer immer wieder gerade hinzusetzen. Denken Sie auch hier an den Faden, der Sie hochzieht und aufrichtet.

Bewusstes Atmen hilft gegen Stress

Setzen Sie das bewusste, ruhige Atmen ein, wenn Sie vor einem Arztbesuch oder einem anderen wichtigen Termin aufgeregt und nervös sind oder wenn Sie sich über Ihren Chef oder einen Kollegen ärgern. Sind Sie besonders angestrengt oder gestresst, dann achten Sie vor allem auf das Ausatmen: Atmen Sie bewusst aus und lassen Sie dabei auch Stöhnen, Tönen oder Summen zu. So wird nicht nur Ihr Atem ruhiger, sondern auch Sie selbst und Ihr Kind.

Falsche Angewohnheiten ablegen

Zeit der Veränderung

Die Schwangerschaft ist eine Zeit, in der Frauen ihren Körper bewusster wahrnehmen und sensibler reagieren. Nutzen Sie diese Chance, eingefahrene Bewegungsabläufe zu Ihrem Wohl zu verändern und für sich selbst wahrzunehmen, was Ihnen gut tut.

Der Atem

Bewusst atmen

Auch der Atem verdient Ihre Aufmerksamkeit! Und das nicht nur, weil viele Frauen zum Ende der Schwangerschaft kurzatmig werden und der Atemrhythmus Ihnen hilft, mit den Wehen besser klarzukommen. Der Atem trägt vielfach zu Ihrem Wohlbefinden bei, beispielsweise zum Entspannen und zum Abregen. Und er versorgt Sie und Ihr Kind optimal mit Sauerstoff.

Sauerstoff tanken

Einfache Atemübungen

Der Atem sollte möglichst ohne Anstrengung fließen.

▶ Setzen Sie sich einmal in Ruhe hin und beobachten Sie das Ein- und Ausatmen, das Kommen und Gehen Ihres Atems – ohne es zu beeinflussen und ohne sich dabei anzustrengen.

▶ Legen Sie Ihre Hände dort auf, wo Sie Ihre Atembewegung

am stärksten spüren: auf den Brustkorb, Oberbauch oder Bauch. Und nehmen Sie das regelmäßige Auf und Ab der Atembewegung unter Ihren Händen wahr. Sie werden feststellen, wie beruhigend das ist.

Den Atem spüren

Bewusst ausatmen

Auf das Ausatmen kommt es an, denn damit schaffen Sie erst Platz und Raum für die frische, unverbrauchte Atemluft, die Sie Ihrem Körper zuführen. Gerade, wenn Sie in der Schwangerschaft kurzatmig werden, können Sie das gut ausprobieren:

▶ Atmen Sie immer bewusst aus und lassen Sie den Atem einfach kommen – ganz ohne Anstrengung. So werden Sie nicht mehr

Legen Sie die Hände auf den Bauch und atmen Sie langsam ein und aus.

TIPP!

Den Atem beobachten

Eine ganz wichtige Geburtsvorbereitung ist es, den eigenen Atem immer wieder zu beobachten. Das gilt vor allem für anstrengende Situationen, Stress oder Ärger, aber auch für glückliche Momente.
Wenn Sie selbst die Beobachtung machen, wie leicht und vor allem wie oft sich der Atem verändert und dass Sie die Möglichkeit haben, ihn positiv zu beeinflussen, dann werden Sie während der Geburt keine Mühe haben, Ihren Atem bewusst einzusetzen.

das Gefühl haben, zu wenig Luft zu bekommen. Denn sobald Sie mit dem Ausatmen Platz geschaffen haben, werden Sie automatisch die Luftmenge einatmen, die Ihr Körper braucht. Das ist auch das Wichtigste für die Geburtsarbeit: das bewusste Ausatmen mit Tönen.

Laut ausatmen

Kontakt zum Kind

Wie man heute aus zahlreichen Untersuchungen weiß, nimmt das heranwachsende Kind regen Anteil am Leben seiner Mutter – das haben Sie sicher auch schon gemerkt. Es spürt, ob es Ihnen gut geht und Sie ausgeglichen sind oder ob Sie gerade Stressphasen und viel Ärger haben.

Mit dem Kind sprechen

Daher ist es wichtig, dass Sie Ihr Kind gezielt in Ihr Leben einbeziehen: Sprechen Sie mit ihm, erklären Sie ihm, worüber Sie sich gerade freuen oder ärgern. Und sagen Sie ihm auch, dass Ihre momentane Anspannung nichts mit ihm, sondern mit Ihrem Chef, Ihrer Kollegin oder anderen Menschen zu tun hat. Es wird sicher Tage geben, an denen Sie kaum an Ihr Kind denken, weil Sie mit ganz anderen Dingen beschäftigt sind. Doch abends und nachts, wenn Sie selbst zur Ruhe kommen, wird Ihr Baby aktiv.

Nachts geht's rund

Das ist ein kleiner Vorgeschmack auf die Zeit nach der Geburt: Die meisten kleinen Kinder brauchen besonders in den Abendstunden viel Zuwendung und Aufmerksamkeit.

Täglich etwas Zeit fürs Kind

Nehmen Sie sich besonders nach hektischen Tagen bewusst die Zeit, mit Ihrem Kind Kontakt aufzunehmen. Genießen Sie diese gemeinsame Zeit, versuchen Sie sich zu entspannen und abzuschalten.

▶ Setzen oder legen Sie sich bequem hin und nehmen Sie Ihren Atem wahr. Achten Sie darauf, wie er kommt und geht. Mit diesem gleichmäßigen Atemrhythmus kommen Sie zur Ruhe.

▶ Jetzt sprechen Sie in Gedanken oder noch besser laut – Ihr Kind hört Ihre Stimme – mit Ihrem Baby und streicheln es durch die Bauchdecke. Wahrscheinlich wird Ihr Kind es auch sehr mögen, wenn Sie ihm dabei etwas vorsingen.

Erster Vater-Kind-Kontakt

Viele werdende Väter genießen es ebenfalls, direkten Kontakt zum Kind aufzunehmen. Manche Väter sind begeistert, dass ihr Baby auf die Berührung reagiert, sich sogar zu den Händen hinbewegt. Ihr Kind ist jetzt bereits in der Lage, Ihre beiden Stimmen zu unterscheiden, und es wird auch Ihre Berührungen unterschiedlich wahrnehmen.

Wichtig auch für werdende Väter: der intensive Kontakt zum Kind.

Die tägliche Erinnerungsliste

Gut für sich sorgen

Ein Geburtsvorbereitungskurs sollte Ihnen nicht unbedingt ein tägliches Trainingsprogramm mit auf den Weg geben. Viel entscheidender ist, dass Sie im Alltag auf Ihren Körper und dessen Veränderungen achten, und dass Sie immer wieder an Ihre Körperhaltung denken, bewusst atmen und lernen, sich zu entspannen. Deshalb haben wir eine kleine Liste zusammengestellt, die Sie daran erinnern soll, was Sie täglich für sich und Ihr Wohlbefinden tun können.

Atmen

Den Atem gezielt einsetzen

Gewöhnen Sie sich an, immer mal wieder auf Ihren Atem zu achten, vor allem in besonderen Situationen. Sobald Sie merken, dass Ihr Atem schnell und oberflächlich wird, atmen Sie bewusst ruhig und langsam. Lassen Sie den Atem einströmen, ganz ohne Anstrengung und atmen Sie dann bewusst aus – mit dem Gedanken Platz und Raum zu schaffen für den neuen Atem.
Wenn Sie etwas anstrengendes tun oder sich ärgern, atmen Sie bewusst mit Tönen aus, Experimentieren Sie dabei mit den Lauten a, o oder u.

Haltung

Überprüfen Sie immer wieder mal Ihre Haltung. Richten Sie sich auf, wie auf Seite 62 f. beschrieben, und versuchen Sie Positionen zu finden, die Ihnen angenehm sind und möglichst wenig Energie kosten.

Räkeln

Den Katzen abgeschaut

Haben Sie sich heute schon geräkelt? Wenn nicht, dann tun Sie es jetzt: genüsslich und ausgiebig. Spüren Sie, welche Dehnbewegungen Ihr Körper von sich aus machen will, welche Ihnen gut tun, und genießen Sie die gleitenden ruhigen Bewegungen Ihrer Körperteile in alle erdenklichen Richtungen.

Beckenboden

Diesen wichtigen Muskel sollten Sie immer wieder anspannen. Halten Sie die Spannung einen Moment (dabei weiter atmen) und lassen Sie anschließend wieder locker. Führen Sie diese einfache Übung regelmäßig durch: beim Spülen, Bügeln, Autofahren, Zähneputzen – es gibt viele Gelegenheiten. Wenn Sie Ihre Beckenbodenmuskulatur bereits jetzt regelmäßig und gewissenhaft trainieren, haben Sie später weniger Probleme, Ihren Urin zu halten.

Der Klinikkoffer

Packen Sie Ihren »Klinikkoffer« sehr früh – am besten schon um die 30. Schwangerschaftswoche. Legen Sie eine Liste mit Dingen oben auf, die Sie vor Ihrer Abfahrt hinzufügen wollen. Folgende Papiere und Utensilien sind wichtig und sinnvoll:

- Wichtige Papiere: Mutterpass und Personalausweis
- Stammbuch oder eventuell Ihre Geburtsurkunde (siehe Seite 72 f.)
- Chipkarte oder Kostenübernahmeschein der Krankenkasse
- bequemes Hemd oder T-Shirt für die Geburt
- warme Socken
- offene Schuhe zum Hineinschlüpfen
- Bademantel
- Brille, falls Sie Kontaktlinsen tragen
- Haarbänder oder -spangen bei längeren Haaren
- Fettstift für die Lippen
- Ihre speziellen Massage- und Duftöle sowie Badezusätze
- Tee (Himbeerblätter) mit Honig oder Traubenzucker zur Stärkung
- Verpflegung für den Partner
- Sekt (zum Anstoßen danach)
- Kamera mit lichtempfindlichem Film (bitte nicht blitzen)
- Musik auf CD oder Kassette und Walkman oder CD-Player, falls in der Klinik nicht vorhanden
- bei ambulanter Geburt: Kleidung und einen Autositz für Ihr Baby.

Für den Aufenthalt auf der Wochenstation:

- Waschzeug
- Nachthemden mit langer Knopfleiste oder Pyjamas
- Still-BHs
- große Schlüpfer (kochfest)
- Schreibzeug
- Telefonkarte
- Kleingeld

Klinikkoffer nicht vergessen!

Ihr Lieblingsöl gehört mit ins Gepäck.

Tees, Cremes und Co

Pflanzliche und naturheilkundliche Mittel eignen sich besonders zur Behandlung von harmlosen »Wehwehchen«, die in der Schwangerschaft immer wieder vorkommen.

Typische Beschwerden

Natürliche Hilfe bei Wehwehchen

Es gibt eine Reihe von Hausmitteln, die Beschwerden in der Schwangerschaft lindern. Hier geht es uns vor allem um Beschwerden, die gegen Ende der Schwangerschaft auftreten.

Schlaflosigkeit

Entspannungsbad

- Wenn Sie Schwierigkeiten haben, am Abend einzuschlafen, dann gönnen Sie sich ein warmes Melissen- oder Baldrianöl-Bad – das wirkt entspannend.
- Ein sehr wirksamer Schlaftee ist die folgende Mischung: 40 g Baldrian, je 20 g Hopfen, Melisse, Passionsblume und Anis sowie 15 g Pomeranzenblüten (1 Teelöffel auf 1/4 l kochendes Wasser, fünf bis zehn Minuten ziehen lassen). Der Tee riecht nicht gut, ist aber sehr wirkungsvoll.

Atemübungen bei Einschlafschwierigkeiten

- Statt sich schlaflos herumzuwälzen, nehmen Sie Ihren Atem wahr, und spüren Sie bewusst alle einzelnen Körperteile. Atmen Sie zu den verspannten Körperteilen hin oder führen Sie andere Atem- und Entspannungsübungen aus, die Sie im Geburtsvorbereitungskurs gelernt haben.

Wassereinlagerungen

Es ist ganz normal, dass Ihr Körper in der Schwangerschaft Wasser im Gewebe einlagert. Daher sollten Sie auch nicht massiv dagegen vorgehen.

- Falls Sie sehr unter schweren Beinen und angeschwollenen Gelenken leiden, können Sie zu kaliumreichen Nahrungsmitteln wie Spargel, Lauch und Kartoffeln greifen. Diese Gemüsesorten wirken entwässernd.
- Besonders gut zum Ausschwemmen ist ein längerer Aufenthalt im Wasser. Gehen Sie viel schwimmen oder legen Sie sich in die Wanne. Aber baden Sie nicht zu heiß – Körpertemperatur ist ausreichend.

Stress vermeiden

- Gönnen Sie sich Ruhe, denn viel Stress sorgt ebenfalls für Wassereinlagerungen.

Rückenschmerzen

- Bei Rückenschmerzen ist es wichtig, auf die Haltung zu achten (siehe Seite 62 f.).
- Beckenkreisen und die Beckenboden-Übungen (siehe Seite 60 f.) sind ebenfalls gut für den Rücken.
- Ein schmerzender Rücken mag meistens Wärme: Wenn Sie schon ein Schaffell für Ihr Baby haben, dann legen Sie es sich unter den Rücken. Hilfreich sind außerdem: ein erwärmtes Kirschkernsäckchen, eine Wärmflasche oder Rotlicht.
- Oft hilft auch Bewegung. Sich zu bewegen ist meist besser für den Rücken als Ruhe.

Wärme tut gut

Vorsicht Verbrennungsgefahr!

Völlegefühl, Blähungen und Verstopfung

- Wenn Sie Probleme mit der Verdauung haben, essen Sie möglichst kleine Portionen.
- Verzichten Sie auf scharf Gebratenes oder Gegrilltes.
- Achten Sie auf ballaststoffreiche Ernährung.
- Bewegung tut auch bei diesen Unannehmlichkeiten gut.

Ein Müsli am Morgen kurbelt die Verdauung an.

Krampfadern

- Bei Krampfadern hilft viel Bewegung, eventuell auch das Tragen von Stützstrümpfen.
- Im Sommer gießen Sie sich kaltes Wasser über die Beine.
- Bewährt hat sich auch Rosskastanien-Creme oder -Gel – am besten direkt aus dem Kühlschrank.
- Legen Sie Ihre Beine zwischendurch hoch und lassen Sie die Füße kreisen (siehe Seite 60).
- Bei beginnender Thrombophlebitis (oberflächliche Venenentzündung) machen Sie regelmäßig Quarkumschläge. Dazu streichen Sie kalten Magerquark fingerdick auf ein Baumwoll- oder Leinentuch und wickeln es sich um das betroffene Bein. Fixieren Sie das Tuch mit einem Handtuch oder einem Strumpf. Wenn der Quark anfängt zu bröckeln, entfernen Sie den Umschlag. Sie können die Anwendung beliebig oft wiederholen.

Viel bewegen

Quarkwickel bei müden, schweren Beinen

Hausmittel zur Geburtsvorbereitung

Hausmittel helfen nicht nur bei allerlei Beschwerden in der Schwangerschaft, sie eignen sich auch hervorragend, um Ihren Körper auf die nahende Geburt einzustimmen.

Hebammen empfehlen: täglich ein, zwei Tassen Himbeerblättertee trinken.

Himbeerblättertee

Ein Tee aus getrockneten Himbeerblättern stärkt die Gebärmutter.

▶ Trinken Sie in den letzten zehn Wochen vor der Geburt täglich mindestens eine Tasse davon (1 Teelöffel Tee mit 1/4 l kochendem Wasser überbrühen, nicht länger als sechs Minuten ziehen lassen).

Leinsamen

Leinsamen soll die Schleimproduktion in der Scheide erhöhen, damit Ihr Kind besser »rutscht«.

▶ Nehmen Sie in den letzten Wochen vor der Geburt täglich einen geschroteten Esslöffel Leinsamen mit der Nahrung zu sich, zum Beispiel im Müsli. Dazu müssen Sie reichlich trinken.

Vorbeugende Dammmassage

Viele Hebammen und erfahrene Schwangere schwören auf vorbeugende Dammmassagen mit Weizenkeimöl. Indem Sie Ihren Damm regelmäßig massieren, machen Sie ihn weich und dehnfähig für die Geburt.

▶ Beginnen Sie sechs Wochen vor der Geburt, das Gewebe zwischen Scheide und After zu massieren und zu dehnen.

▶ Dazu fassen Sie oder Ihr Partner mit ein oder zwei Fingern zwei bis drei Zentimeter tief in die Scheide und massieren den Damm mit leichtem Druck in Richtung After.

▶ Wichtig dabei ist das Massageöl: Verwenden Sie entweder Weizenkeimöl oder ein anderes Vitamin-E-haltiges Öl.

Dammmassagen erleichtern die Geburt

Den Damm mit den Fingern zu massieren ist sicher sinnvoller als Scheide, Beckenboden und Damm mit aufblasbaren Ballons zu dehnen, die neuerdings vertrieben werden.

▶ Beckenbodenübungen (siehe Seite 60 f.) sind eine gute Vorbereitung für den Damm.

Vorbereitungen für die Zeit danach

Vieles ändert sich

Sicher malen Sie sich immer wieder aus, wie sich Ihr Leben nach der Geburt verändern wird. Wenn Sie Ihr erstes Kind erwarten, wird vieles anders werden. Um sich darauf etwas einzustellen, fragen Sie am besten befreundete Eltern, wie es ihnen in der ersten Zeit mit dem Baby ergangen ist. Die Antwort wird vermutlich so oder so ähnlich ausfallen: »Chaos ohne Ende und keine Zeit für eigene Aktivitäten.«

Die Wochen vor der Geburt nutzen

Was alles zu erledigen ist

In der Schwangerschaft haben Sie noch viel Zeit. Nutzen Sie diese, um möglichst vieles zu erledigen, was Sie bereits im Voraus tun können. Die folgende Liste soll Ihnen lediglich Anregungen geben, sicher fallen Ihnen noch viel mehr Dinge ein:

- Haltbare Lebensmittel als Vorrat für die nächsten Monate einkaufen.
- Gerichte vorkochen und einfrieren, wenn Sie Platz haben.
- Schränke, eventuell auch Keller-, Dach- und Abstellräume aufräumen und »ausmisten«.
- Gardinen waschen und Hausarbeiten erledigen, die selten anfallen.
- Computer »ausmisten«, Dateien sortieren und löschen.
- Adressen-, Telefon-, E-Mail-Listen aktualisieren.
- Geburtsanzeige entwerfen, Druckerei kontaktieren.
- Adressen für die Versendung von Geburtsanzeigen auf Umschläge schreiben.
- Besucherströme nach der Geburt lenken (darauf vorbereiten, dass Sie in der ersten Woche nur zu bestimmten Zeiten und nach Anmeldung Besuch wünschen und dass Ihr Besuch bitte Kaffee und Kuchen oder gekochte Mahlzeiten mitbringen möchte).
- Kinderarzt ausfindig machen.
- Rückbildungkurs und Stilltreff (falls noch nicht geschehen) ausfindig machen. Wenn Sie einen Kurs bei einer GfG-Familienbegleiterin besuchen, haben Sie alles in einem: Rückbildung, Stillberatung, Information und Austausch. Diese Treffen mit Frauen in der gleichen Situation werden Ihnen in der ersten Zeit mit Ihrem Baby besonders helfen.
- Wichtige Telefonnummern bereitlegen (siehe Seite 84).

Partner einspannen

Kontakt mit Gleichgesinnten suchen

WICHTIG

Für die ersten Wochen mit Ihrem Kind brauchen Sie

- Fieberthermometer
- Babywärmflasche oder Kirschkernsäckchen
- geeignetes Behältnis für Sitzbäder (flache Schale oder Einsatz für Bidet oder Toilette)
- Binden und Windeleinlagen für den Wochenfluss
- große Schlüpfer
- Babywindeln (Stoff oder Plastik)
- Stoffwindeln zum Unterlegen, als Spucktuch, eventuell anfangs als Stilleinlage
- Eisbeutel, Kühlelemente und Quarkvorräte für den »Milcheinschuss«
- Still-BHs (eventuell ausleihen)
- Nachthemden mit möglichst langer Knopfleiste oder Pyjamas
- Milchbildungs-Tee
- ein gemütliches Kuschelbett für drei

Wichtige Behördengänge

Hier können Sie jetzt schon wertvolle Vorarbeit leisten und sich einige beschwerliche Wege nach der Geburt ersparen.

Anmeldung beim Standesamt

Zunächst muss Ihr Kind beim Standesamt angemeldet werden. Dazu brauchen Sie eine Geburtsbescheinigung – diese bekommen Sie von der Geburtsklinik, im Falle einer Hausgeburt oder einer Geburt im Geburtshaus von der betreuenden Hebamme. Wenn Sie Glück haben, übernimmt die Klinik oder die Hebamme die Anmeldung, wenn nicht, muss der Vater diesen Behördengang erledigen. Vergessen Sie nicht, Ihren Personalausweis mitzunehmen und Ihr Familienstammbuch, falls Sie schon eines haben! Am besten erkundigen Sie sich bereits vor der Geburt, welche Unterlagen Sie vorlegen müssen, dann können Sie nichts vergessen und müssen nicht zweimal vorsprechen. Falls Sie Ihrem Kind einen ausgefallenen Namen geben möchten, fragen Sie möglichst vorher beim Standesamt nach, ob er genehmigt wird.

Das kann der Partner übernehmen

Vorher beim Standesamt anrufen spart Zeit

Antrag auf Erziehungsgeld

Die Zuständigkeit für das Erziehungsgeld ist in jedem Bundesland anders geregelt. Erkundigen Sie sich beim Jugendamt oder bei Ihrer Stadtverwaltung, von welcher Behörde Sie den Antrag auf Erziehungsgeld bekommen.

Rechtzeitig beantragen

Antrag auf Mutterschaftsgeld

Nicht vergessen

Bei der Anmeldung Ihres Kindes erhalten Sie vom Standesamt Kopien der Geburtsurkunde für verschiedene Verwendungszwecke. Eine davon schicken Sie sofort an Ihre Krankenkasse und beantragen das Mutterschaftsgeld.

Ihre Hebamme für die Nachsorge

Falls Sie in eine Klinik gehen, in der Sie sich Ihre Geburtshebamme nicht aussuchen können – das ist die Regel –, sollten Sie sich unbedingt rechtzeitig um eine Hebamme für die Nachsorge kümmern. Sowohl niedergelassene als auch Klinikhebammen betreuen Sie in den ersten Tagen Ihres Wochenbettes. Sie haben Anspruch auf mindestens zehn Tage Hebammen-Nachsorge.

Auch nach Klinikgeburt

Dieses Angebot gilt nicht nur für ambulante Geburten. Wenn Sie fünf Tage in der Klinik waren, kommt die Hebamme vom sechsten bis zwölften Tag zu Ihnen nach Hause. Bei Bedarf auch darüber hinaus. Sie können Ihre Hebamme sogar später noch anrufen, wenn Sie Probleme mit dem Wochenfluss oder Fragen

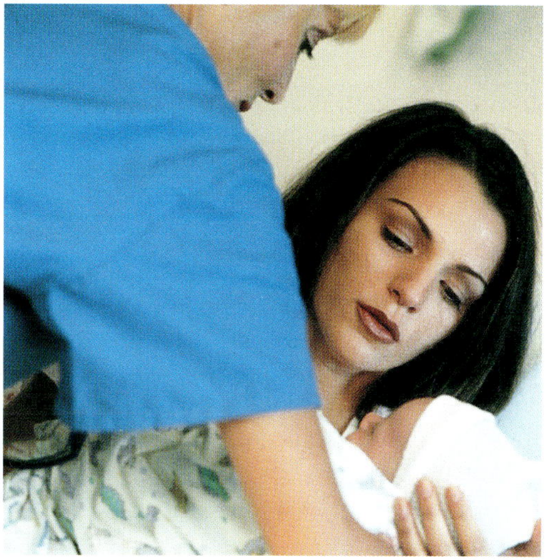

zum Stillen haben. Diese Möglichkeit sollten Sie auf jeden Fall nutzen. Selbst wenn Sie einige Tage in der Klinik waren, werden Sie zu Hause noch viele Fragen haben. Die meisten Frauen empfinden es als große Hilfe, wenn die Hebamme jeden Tag nach ihnen und dem Kind schaut. Die Hebamme steht Ihnen mit Rat und Tat zur Seite, beispielsweise bei Anfangsschwierigkeiten nach der Geburt, bei Stillproblemen, Schwierigkeiten mit der Dammnaht, Rückbildungsfragen oder wenn es darum geht, ob das Kind gut gedeiht und der Nabel richtig verheilt. Sie zieht das Baby aus, wäscht oder badet es, wickelt es, um seine Entwicklung zu überprüfen, und zeigt Ihnen die richtigen Handgriffe.

Jede Frau hat Anspruch auf Nachsorge durch eine Hebamme.

Die Chemie muss stimmen

Die richtige Wahl treffen

Es ist wichtig, dass Sie zu der Hebamme, die Sie nach der Geburt betreut, Vertrauen haben – dass Sie »auf einer Wellenlänge« mit ihr liegen. Deswegen sollten Sie sich in der Schwangerschaft ausreichend Zeit nehmen, Ihre Hebamme gewissenhaft auszuwählen. Sie wissen vielleicht, dass Sie auch Teile der Schwangerschaftsvorsorge bei einer Hebamme vornehmen lassen können. Das ist eine gute Gelegenheit, Ihre spätere Nachsorge-Hebamme kennen zu lernen. Wenn die Hebamme eine ganz andere Einstellung hat als Sie, ist das keine günstige Voraussetzung. Wollen Sie beispielsweise auf keinen Fall stillen, für die Hebamme aber ist Stillen das »A und O«, zu dem sie Sie unbedingt »überreden« will, kommen Sie beide wahrscheinlich nicht gut miteinander zurecht. Am besten besprechen Sie bereits im Vorfeld, was Ihnen wichtig ist und was nicht.

Vorher abklären

Anschaffungen fürs Baby

Für den Anfang brauchen Sie nicht viel – und doch macht es werdenden Eltern große Freude, alles Nötige für ihr Baby vorzubereiten und anzuschaffen.

Was Sie wirklich brauchen

Die meisten Dinge, die sich im Haushalt werdender oder frisch gebackener Eltern einfinden, sind nicht unbedingt nötig. Und auch bei den Utensilien, die Sie tatsächlich brauchen, können Sie viel Geld sparen. Sie müssen ja nicht alles neu kaufen. Vieles können Sie sich ausleihen oder gebraucht erwerben. Gut erhaltene Babykleidung bekommen Sie in Second-Hand-Läden oder auf Flohmärkten.

Geld sparen

Das können Sie jetzt schon besorgen

- vier bis sechs Hemdchen in den Größen 56, 62 und 68 aus Baumwolle (aus Wolle oder Seide jeweils drei)
- vier bis sechs Jäckchen in den Größen 56, 62 und 68 aus Baumwolle (aus Wolle oder Seide jeweils drei)
- vier bis sechs Strampler in den Größen 56, 62 und 68 aus Baumwolle (aus Wolle oder Seide jeweils drei)
- eventuell drei bis vier einteilige Schlafanzüge in den Größen 62 und 68 aus Baumwolle (aus Wolle oder Seide zwei bis drei)
- Kinderwagen (nicht zu klein, gut gefedert)
- altersgerechter Autositz
- Tragetuch oder -beutel

Neue Kleidung vor dem Tragen waschen

- Wickeltisch mit abwaschbarer Auflage
- Wiege, Körbchen oder Kinderbett mit Matratze, Kissen und Bettwäsche
- Windeleimer mit Deckel
- Badethermometer
- Regal oder Schrank für die Babykleidung
- Krabbeldecke für den Boden

Hilfreich sind außerdem

- ein Schaffell für Ihr Baby
- ein Stillkissen für Sie
- eventuell eine Wärmelampe über dem Wickelplatz (vor allem wenn Ihr Baby in einer kalten Jahreszeit geboren wird)
- Fläschchen, um Muttermilch einzufrieren, oder für den Tee
- eine weiche Haarbürste

Das Schaffell begleitet Ihr Baby bis ins Kindergartenalter.

Das brauchen Sie nicht unbedingt

- Babybadewanne (Sie können Ihr Baby anfangs im Waschbecken und später in der großen Badewanne baden.)
- Babyfon
- Babywippen und ähnliche Gegenstände (für die Entwicklung Ihres Kindes nicht optimal, manches birgt sogar unnötige Gefahren)
- Babywaage (wenn, dann in der Apotheke ausleihen)
- Sterilisiergeräte

Vorsicht Unfallgefahr!

Babypflege

Zur Babypflege brauchen Sie keine speziellen Produkte, die zarte Babyhaut verträgt am Anfang nur warmes Wasser. Wenn Sie ein Öl verwenden möchten, nehmen Sie Olivenöl.

Sparsam verwenden

Windeln: Stoff oder Plastik?

Früher gab es nur Stoffwindeln, heute haben Sie die Wahl. Wegwerfwindeln sind eindeutig praktischer – vor allem nachts und unterwegs –, dafür sind sie teurer und belasten die Umwelt. In Deutschland fallen jährlich rund 400 000 Tonnen Windelmüll an. Ökologischer und hautfreundlicher sind dagegen Stoffwindeln.

Die Auswahl ist groß

Mittlerweile können Sie zwischen verschiedenen Systemen wählen. Am einfachsten zu handhaben sind Stoff-Höschenwindeln mit Überhose. Wer die Arbeit scheut, kann einen Windeldienst in Anspruch nehmen. In der Anschaffung gehen Stoffwindeln ganz schön ins Geld. Über die gesamte Wickelzeit gesehen – und das sind fast drei Jahre, bei zwei Kindern sogar deutlich mehr – sind sie allerdings wesentlich preiswerter als Wegwerfwindeln. Noch günstiger kommen Sie weg, wenn Sie die Stoffwindeln gebraucht erwerben.

Kindgerechte Wohnung

Mit der Einrichtung des Kinderzimmers können Sie sich ruhig Zeit lassen. Viele Eltern machen die Erfahrung, dass ein Kind im ersten Jahr noch kein eigenes Zimmer benötigt. Trotzdem macht es werdenden Eltern Spaß, ein Kinderzimmer einzurichten.

Vorsicht Schadstoffe!

Wichtig ist, beim Kauf von Möbeln und Textilien an mögliche Schadstoffe zu denken. Die Ausdünstungen neuer Teppiche, Farben und Spanplattenmöbel sind gerade für Neugeborene besonders schädlich. Gesünder sind Massivholzmöbel oder ältere, gebrauchte Möbel.

TIPP!

Bei den Verbraucherzentralen erhalten Sie Informationen zu umweltfreundlichen Anschaffungen fürs Kind. Damit sorgen Sie von Anfang an für ein gesundes Wohnumfeld.

Badezimmer

Vielleicht wollen Sie Ihr Badezimmer kindgerecht umgestalten. Das bietet sich an, wenn Sie vorhaben, Ihr Baby dort zu wickeln und zu baden. Falls nicht genug Platz für den Aufbau eines Wickeltisches ist, gibt es praktische Aufsätze für die Badewanne.

Schlafzimmer

Praktisch und bequem

Viele Eltern machen ihr Ehebett zum Familienbett – das ist gerade in der ersten Zeit eine praktische Lösung. Wenn Ihr Kind nachts aufwacht und getröstet oder gestillt werden möchte, müssen Sie nicht erst aufstehen und das Baby aus dem Kinderzimmer holen. Zudem erfüllen Sie damit das elementare Bedürfnis Ihres Kindes nach elterlicher Nähe. Ob dies auch für Sie die beste Lösung ist oder ob jeweils ein Elternteil nachts ins Kinderzimmer zieht, das müssen Sie für sich herausfinden. So lange Sie Ihr Baby nachts stillen, ist es die bequemste und kindgerechteste Lösung.

Vorbereitung auf das Stillen

Die natürlichste Sache der Welt

Sie wollen stillen – und Sie können stillen! Vertrauen Sie in Ihre körperlichen Fähigkeiten und in die Ihres Kindes, dann kann eigentlich nicht mehr viel dazwischenkommen. Stillen ist ein ganz natürlicher Vorgang. Wenn es sich erst einmal eingespielt hat, ist es sogar die bequemste Art, ein Baby zu ernähren. Wichtig ist allerdings eine Umgebung, die Sie in Ihrem Vorsatz bestärkt und Sie tatkräftig unterstützt.
Lassen Sie sich nicht von Frauen beraten, die keine oder eine negative Stillerfahrung haben – auch nicht von Ihrer Mutter, falls diese Ihnen erzählt, sie hätte Sie nicht lange stillen können.
Frauen wurden jahrzehntelang aktiv vom Stillen abgehalten. Die Werbung und fehlende Unterstützung sorgten dafür, dass die positive Bedeutung der Muttermilch heruntergespielt wurde.

Hilfe annehmen

Heute wird das Stillen zum Glück wieder propagiert, und Sie können sich von ausgebildeten Still- oder Laktationsberaterinnen helfen lassen, falls Sie unsicher sind oder Probleme auftreten.

Beim Stillen sind sich Mutter und Kind ganz nah.

Muttermilch ist die erste Wahl

Muttermilch ist die optimale Nahrung für Ihr Baby. Sie enthält alles, was ein Kind in den ersten fünf bis sechs Monaten an Nährstoffen braucht, und kann durch kein Industrieprodukt vollständig ersetzt werden.

Darum ist Stillen so wichtig

Ideal für Ihr Kind

- Die Zusammensetzung der Muttermilch entspricht immer genau den Bedürfnissen und dem Alter des Säuglings.
- Eiweiß, Fett, Kohlehydrate, Vitamine, Mineralstoffe und Spurenelemente sind optimal aufeinander abgestimmt.
- Die Muttermilch enthält Immunfaktoren, die das Neugeborene wirksam vor einer Reihe von Krankheiten schützen.

- Das kindliche Saug- und Kuschelbedürfnis wird beim Stillen »automatisch« befriedigt.
- Das Stillen fördert die Rückbildung der Gebärmutter.

Ökologisch und preiswert

- Muttermilch ist preiswert.
- Muttermilch steht immer wohl temperiert und in ausreichender Menge zur Verfügung.

So bereiten Sie sich auf das Stillen vor

- Sammeln Sie positive Stillberichte!
- Lassen Sie Luft und Sonne an die Brust, wann immer es das Wetter zulässt (Vorsicht Sonnenbrandgefahr: Brustwarzen nur kurz in die Sonne).
- Kaltes Wasser härtet die empfindlichen Brustwarzen ab: entweder die Brust kalt abduschen oder mit (möglichst rauem) Waschlappen und kaltem Wasser abwaschen und mit rauem Handtuch abtrocknen.

TIPP!

Stilltreff

Erkundigen Sie sich, wo es in Ihrer Nähe eine Stillgruppe gibt, und gehen Sie bereits in der Schwangerschaft dorthin. Sie werden wertvolle Tipps und Anregungen erhalten. Außerdem wissen Sie dann schon, wo Sie sich hinwenden können, wenn doch einmal etwas nicht so klappt, wie Sie es sich vorstellen.

Mit dem Po zuerst auf die Welt?

Späte Drehung möglich

Nicht selten liegen Kinder mit dem Po (oder den Füßen) anstatt mit dem Kopf nach unten im Becken. Die Beckenendlage (BEL) wird geburtshilflich als risikoreich betrachtet, da der »dickste« Teil des Kindes – Schulter und Kopf – bei der Geburt erst zum Schluss kommt. Aus Sicherheitsgründen empfehlen fast alle Kliniken bei einer Beckenend- oder Steißlage einen Kaiserschnitt. Nur wenige Krankenhäuser haben Erfahrungen mit vaginalen Geburten.
Wenn Ihr Kind sich nach der 32. Schwangerschaftswoche noch nicht gedreht hat, Sie aber trotzdem vaginal entbinden möchten, haben Sie zwei Möglichkeiten:

- das Kind zu drehen oder vorher zum Drehen zu motivieren
- Geburtshelfer zu suchen, die Erfahrung mit einer vaginalen BEL-Geburt haben

Erfahrung nötig

Beckenendlagen-Wendung

Es gibt verschiedene Methoden, ein Kind zu wenden oder zum Drehen zu veranlassen. Es kann allerdings sein, dass alle Versuche nichts nützen oder dass das Baby sich zwar dreht, dann aber wieder in seine ursprüngliche Lage zurückkehrt. Das ist ein deutliches Signal, dass Ihr Baby wahrscheinlich einen guten Grund hat, »verkehrt« zu liegen. Manchmal hilft es, Stress, Ärger oder Konflikte zu erkennen und abzubauen.

Konflikte lösen

Es gibt folgende Möglichkeiten der Wendung

- Die »**Indische Brücke**« können Sie selbst ausführen.

Täglich zweimal durchführen

Dazu legen Sie sich zweimal täglich 10 bis 20 Minuten auf den Rücken. Ihr Becken ruht dabei auf einem Stapel Kissen, die Unterschenkel liegen am besten auf einem Stuhl. Seien Sie ganz entspannt und atmen Sie zu Ihrem Kind. Am besten sprechen Sie mit ihm und reden ihm gut zu, sich zu drehen. Falls es Ihnen übel oder schwindlig wird oder Sie sich sehr unwohl fühlen, sollten Sie die Übung abbrechen. Sprechen Sie mit Ihrer Hebamme oder Ihrem Frauenarzt darüber.

- **Moxibustion:** Einigen Hebammen gelingt es, das Kind mit »moxen« zum Umdrehen zu bewegen. Ein zigarrenartiges Räucherstäbchen wird an die Außenseite des kleinen Zehes gehalten. Dabei werden leichte Wehen ausgelöst. Es ist bekannt, dass Babys sich unter Wehen in Schädellage drehen können.
- **Akupunktur:** Auch das »Nadeln« bestimmter Akupunkturpunkte kann durch Entspannung zum Drehen des Kindes führen.
- **Haptonomie:** Das ist eine spezielle Methode, mit der dem Kind durch Berührung über die Bauchdecke die Richtung gezeigt wird, in die es sich drehen soll.

Wendungsmassage

- Bei der »**Äußeren Wendung**« wird das Kind von außen gedreht. Das ist in einigen Kliniken möglich. Die Wendung erfolgt unter Kontrolle der kindlichen Herztöne und in Kaiserschnitt-Bereitschaft. Manchmal wird auch zur Erleichterung der Wendung eine PDA (örtliche Betäubung) durchgeführt.

Bei sämtlichen Methoden ist es wichtig, dass Sie sich entspannen können und Ihrem Kind gut zureden, beziehungsweise ihm erklären, warum es sinnvoll ist, sich doch noch in eine geburtsgünstigere Lage zu begeben.

Bei der »Indischen Brücke« müssen Sie Ihr Becken möglichst hoch lagern.

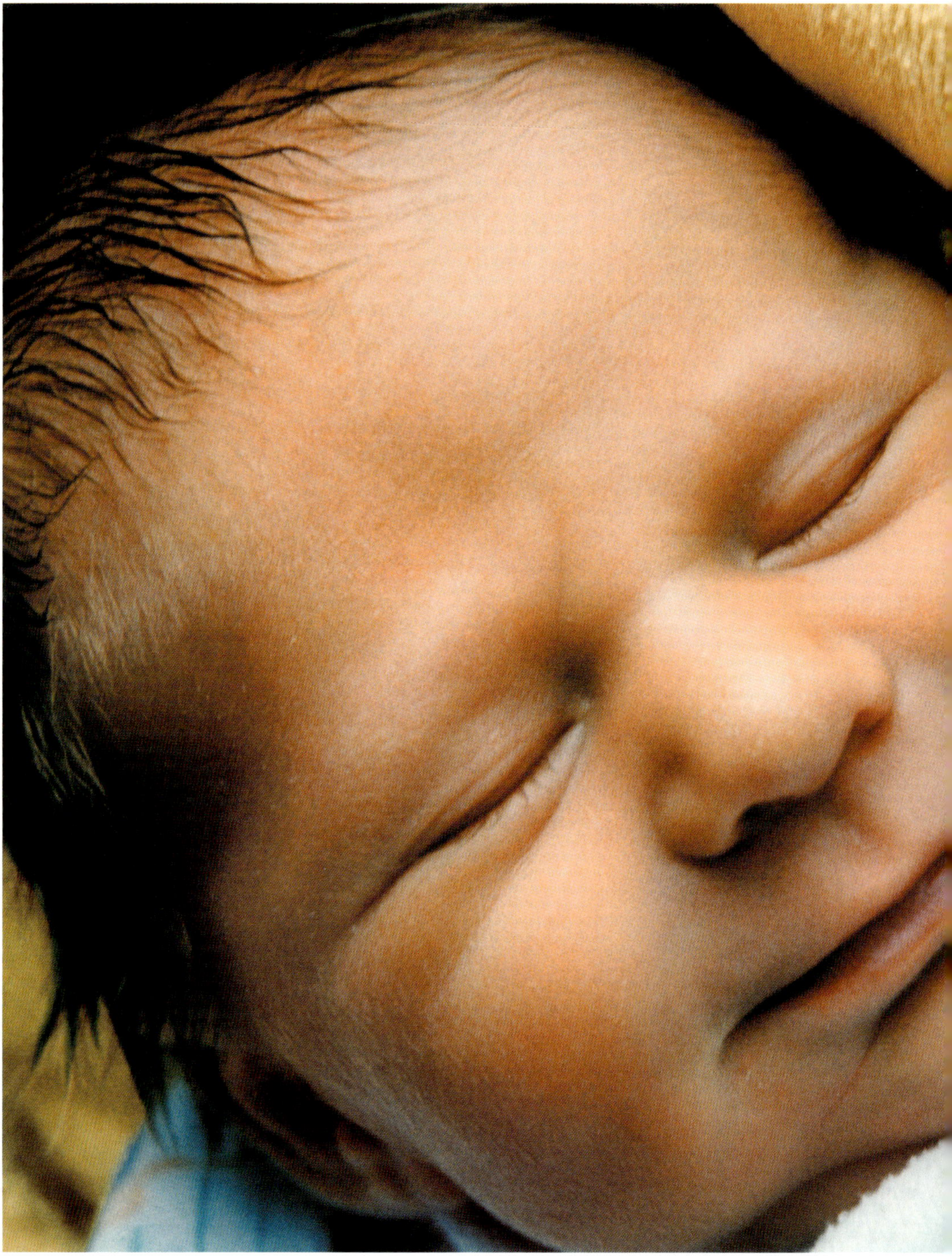

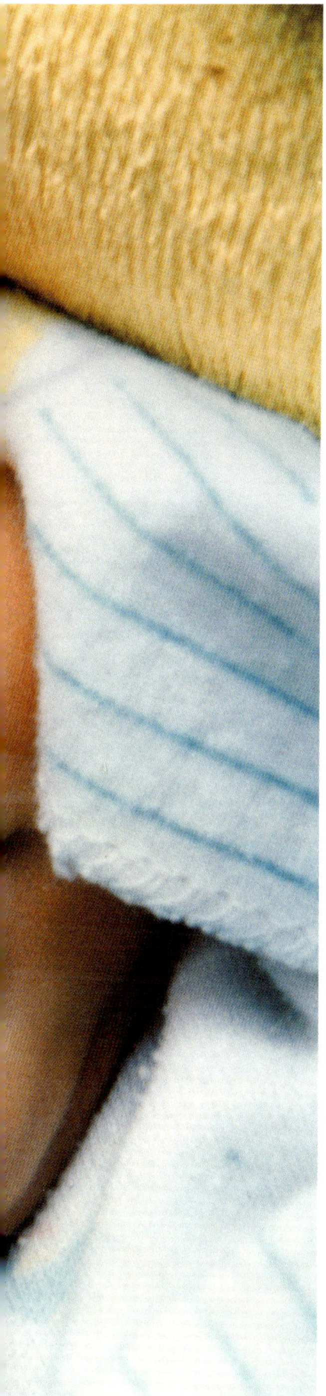

Rund um die Geburt

Die Schwangerschaft nähert sich dem Ende und die Geburt steht kurz bevor. Lassen Sie sich darauf ein! Ihr Körper ist mit allem ausgestattet, was nötig ist, um ein Kind zu gebären. Das Vertrauen in die eigene Gebärfähigkeit ist eine der wichtigsten Voraussetzungen für eine normale Geburt ohne Komplikationen.
Bald werden Sie Ihr Baby im Arm halten und nach Herzenslust bestaunen können. Dann spätestens wissen Sie – die Anstrengung hat sich gelohnt!

Geburtsbeginn

Haben Sie keine Angst, Sie werden den Beginn der Geburt nicht verpassen. Ihr Körper signalisiert Ihnen, wenn es losgeht.

Erste Vorzeichen

Nicht immer fängt eine Geburt mit Wehen an. Erste »kleinere« Anzeichen können Durchfall, vermehrter »Putz- und Nestbautrieb«, zunehmende Rückenschmerzen oder das »Zeichnen« sein. Damit ist gemeint, dass sich der Schleimpfropf, der schützend vor dem Muttermund sitzt, löst. Es sieht aus wie blutiger Ausfluss, wenn der Schleimpfropf abgeht. Die genannten Anzeichen deuten zwar auf einen anstehenden Geburtsbeginn hin, es kann allerdings noch einige Tage oder gar Wochen dauern, bis die Geburt richtig in Gang kommt.

Bald geht's los

Sichere Anzeichen

Die Geburt steht unmittelbar bevor, wenn Sie einen Blasensprung haben oder wenn Ihre Wehen regelmäßiger und zunehmend schmerzhafter werden.

Der Blasensprung

Bei einem Blasensprung vor der Geburt müssen Sie Folgendes beachten:

Vorsichtshalber liegen

- Wenn Sie nicht wissen, ob der Kopf Ihres Babys schon fest im Becken sitzt oder die Fruchtblase bereits lange vor dem errechneten Geburtstermin platzt, sollten Sie sich hinlegen und sich auch liegend in die Klinik transportieren lassen. Falls die Nabelschnur zusammen mit dem Fruchtwasser vor den Kopf Ihres Kindes gerutscht sein sollte, wird sie auf diese Weise von dem Köpfchen nicht abgedrückt. Wenn der Kopf Ihres Kindes dagegen im Becken sitzt und »abdichtet«, müssen Sie nicht liegen – die Nabelschnur kann nicht mehr vor das Köpfchen geraten. Fragen Sie Ihren Arzt bei den letzten Untersuchungsterminen danach.

Arzt fragen

- Wichtig ist weiterhin, dass Sie möglichst bald Ihre Klinik oder das Geburtshaus aufsuchen beziehungsweise Ihre Hebamme anrufen. Wenn die Fruchtblase geplatzt ist, ist der Gebärmutterraum »offen« für Keime. Die Geburt sollte daher innerhalb einer gewissen Zeit abgeschlossen sein.

Die Uhr tickt

Unterschiedliche Vorgehensweise

Ob das nach 12, 24 oder 48 Stunden der Fall sein sollte, hängt von vielen Fakoren ab: vom Stadium der Schwangerschaft, dem Zustand des Fruchtwassers, der Beschaffenheit des Muttermundes sowie des Gebärmutterhalses und nicht zuletzt von der Einstellung des geburtshilflichen Personals.

Von Klinik zu Klinik verschieden

Auch das wäre eine Frage, die Sie im Rahmen eines Info-Abends an das Personal der jeweiligen Klinik richten können: Wie lange wird mit der Einleitung, beziehungsweise mit einem Kaiserschnitt gewartet und welches sind die ausschlaggebenden Faktoren?

Regelmäßige Kontrollen

Um zu gewährleisten, dass durch aufsteigende Keime noch keine Infektion erfolgt ist, werden nach einem Blasensprung regelmäßig Blutuntersuchungen durchgeführt und Fieber gemessen.

Nicht die Regel

Seien Sie unbesorgt, ein »unzeitiger« Blasensprung ist die Ausnahme, er kommt bei einer von zehn Geburten vor – und in den meisten Fällen setzen die Wehen ohne Einleitung innerhalb weniger Stunden ein.

Bei den wenigsten Frauen platzt die Fruchtblase unterwegs.

Geburtswehen

Wahrscheinlich haben Sie schon während der Schwangerschaft leichtere Wehen gespürt. Geburtswehen sind stärker und sie hören auch nicht auf. Das können Sie am besten testen, indem Sie sich zur Entspannung in die Badewanne legen: Vorzeitige Wehen hören im warmen Wasser oder nach dem Bad wieder auf, Geburtswehen werden sogar noch intensiver – eine gute Selbstkontrolle.

Testen Sie selbst

Es geht los

Wenn die Abstände zwischen den einzelnen Wehen merklich kürzer werden und der Wehenschmerz kontinuierlich an Stärke zu-

WICHTIG

Diese Telefonnummern sollten immer bereitliegen

- Hebamme
- Klinik
- Geburtshaus
- Krankenwagen
- Taxizentrale
- Kinderarzt
- Handy-Nummer des Partners
- Nummer Ihrer Mutter oder einer guten Freundin, falls Ihr Partner nicht erreichbar ist
- eventuell Babysitter für Geschwister

nimmt, sollten Sie Ihren Geburtsort aufsuchen oder Ihre Hebamme verständigen. Sicher haben Sie mit Ihrer Hebamme, Ihrem Belegarzt oder mit der Klinik vereinbart, dass Sie anrufen, bevor Sie kommen.

Frühgeburt

Jede Geburt, die vor der (abgeschlossenen) 36. Schwangerschaftswoche beginnt, gilt als Frühgeburt.

Auf Nummer Sicher gehen

Bis zu diesem Zeitpunkt sollten Sie zur Geburt möglichst in ein Perinatalzentrum – mit angeschlossener Kinderklinik – gehen, damit Ihr zu früh geborenes Kind gut versorgt werden kann. Wenn Sie die Wahl haben, dann entscheiden Sie sich für eine neonatologische Abteilung, von der Sie wissen, dass sie auf die natürlichen Bedürfnisse eines frühgeborenen Kindes eingestellt ist und die »Känguru-Methode« anwendet, das heißt Sie können Ihr Baby an Ihrem Körper tragen.

Vorher erkundigen

Frühchen brauchen viel Zuwendung

Nicht nur die intensive medizinische Betreuung ist für ein »Frühchen« wichtig, sondern auch die regelmäßige körperliche Zuwendung und Nestwärme, die es so plötzlich verloren hat. Diesen Verlust können Sie ausgleichen, indem Sie Ihr Baby möglichst oft an Ihrem Körper tragen. Es spürt Ihren Herzschlag und nimmt Ihren Geruch wahr. Auch Muttermilch ist für ein »Frühchen« besonders wichtig. Versuchen Sie als Eltern, Ihrem Kind den schwierigen Start durch viel Liebe zu erleichtern.

Was ein Frühchen jetzt braucht, sind Körperwärme und Hautkontakt.

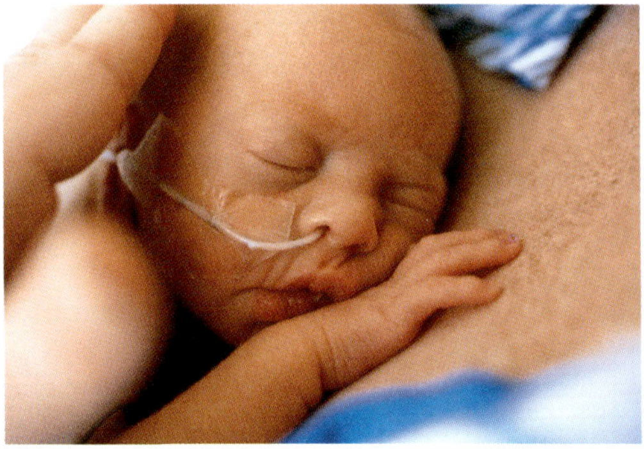

WICHTIG

Falls der Weg zu einem Perinatalzentrum zu weit ist, fahren Sie umgehend in die nächstgelegene Klinik. Das ist besser, als ein Frühchen auf der Fahrt im Auto zu bekommen. Rufen Sie, wenn es geht, vorher in der Klinik an, damit alles für Ihr zu früh geborenes Baby vorbereitet werden kann!

Ihr Geburtstermin ist überschritten

Gerade die ersten Kinder lassen sich oft Zeit. Meist geht die Geburt erst einige Tage nach dem errechneten Termin los. Exakt lässt sich der Geburtstermin ohnehin nicht bestimmen. Richten Sie sich lieber auf einen Zeitraum von rund zwanzig Tagen ein, in dem Ihr Kind geboren wird, und gehen Sie davon aus, dass es eher nach als vor dem Termin kommt.

Termin ungenau

Da Sie wahrscheinlich sehr ungeduldig sein werden – und Ihre Umgebung auch –, hier ein paar Tipps, wie Sie die Geburt in Gang bringen können:

- möglichst viel Bewegung und Aktivitäten wie ausgedehnte Spaziergänge, Rad fahren, schwimmen und dergleichen
- Geschlechtsverkehr, sofern Sie noch Lust dazu haben: Die Prostaglandine in der Samenflüssigkeit wirken wehenanregend (nur im geburtsreifen Zustand).

Vorsicht mit Geheimrezepten

Der Natur nicht ins Handwerk pfuschen

Drastische Methoden wie Fasten, Einlauf oder Rizinusöl werden zwar oft vorgeschlagen, sind aber nicht zu empfehlen. Und wenn, dann nur in Absprache mit einer Hebamme oder einem Arzt.
Alle diese »Geheimrezepte« helfen unserer Erfahrung nach ohnehin nur, wenn Ihr Körper und das Baby geburtsbereit sind, sie wirken also nur als letzter kleiner Anschub. Deshalb müssen Sie auch nicht befürchten, dass jeder Geschlechtsverkehr die Geburt auslöst! Das kann in der Regel nur passieren, wenn der Geburtsbeginn bereits unmittelbar bevorsteht.

Medizinische Möglichkeiten

Ihre Hebamme und die Klinik haben noch weitere Möglichkeiten, Wehen auszulösen, wenn die Geburt auf sich warten lässt:

- Durch Stimulation der Brustwarzen wird das Geburtshormon Oxytocin ausgeschüttet. Da man nicht weiß, wie viel Oxytocin durch die Stimulation ausgeschüttet wird, muss diese Methode sehr vorsichtig angewendet werden – nicht ohne Überwachung der kindlichen Herztöne durch das CTG (siehe Seite 28).

Nur unter Aufsicht

● Durch die Verabreichung eines Wehenmittels wie künstliches Prostaglandin in Gel- oder Tablettenform oder aber mit Hilfe eines Wehentropfes, der Oxytocin enthält, werden die Wehen in Gang gebracht.

Wie lange warten?

Ärzte und Hebammen warten unterschiedich lang, bis sie mit den ersten Einleitungsversuchen beginnen. Die Bandbreite liegt zwischen sieben und vierzehn Tagen. Per Ultraschall kontrolliert der Arzt die Fruchtwassermenge und verschafft sich so einen Eindruck vom Befinden des Kindes.

Geburtstermin – zyklusabhängig

Zur Beurteilung des Geburtstermins sollte immer berücksichtigt werden, dass die Menstruationszyklen unterschiedlich lang sind. Haben Sie einen längeren Zyklus als 28 Tage, kommt Ihr Kind vermutlich nach dem errechneten Termin zur Welt. Bei einem kürzeren Zyklus entsprechend früher. Für die Berechnung des voraussichtlichen Geburtstermins gibt es zudem unterschiedliche Tabellen.

Eine Einleitung muss wohl überlegt sein

Komplikationen möglich

Eine Einleitung birgt immer unvorhersehbare Risiken: Eine Geburt, die zu einem ungünstigen Zeitpunkt in Gang gebracht wird, endet nicht selten mit Saugglocke oder Kaiserschnitt und sollte daher nie voreilig durchgeführt werden.

Versuchen Sie also, ruhig und gelassen zu bleiben, und nutzen Sie die letzten Tage und Stunden für gemeinsame Unternehmungen.

Noch einmal ausgehen

Tun Sie Dinge, für die Sie beide in den nächsten Wochen und Monaten sicher keine Zeit mehr haben werden: Gehen Sie ins Kino, ins Theater oder in ein Konzert oder treffen Sie sich mit Freunden. Lassen Sie sich auch von den Kontroll-Untersuchungen, die Ihr Frauenarzt jetzt häufiger durchführen wird, nicht irritieren. Sie dienen lediglich dem Wohl Ihres Kindes. Die meisten Kinder kommen eher später.

WICHTIG

Fahren Sie umgehend in die Klinik oder rufen Sie Ihre Hebamme

- wenn Sie stärkere Blutungen bekommen
- bei starken, anhaltenden Kopfschmerzen
- bei undefinierbaren Oberbauchschmerzen
- wenn Sie ein Flimmern vor den Augen haben
- wenn Sie keine oder ganz wenige Kindsbewegungen spüren
- wenn die Fruchtblase platzt und das Köpfchen noch nicht fest im Becken sitzt (siehe Seite 82 f.)
- bei regelmäßigen, intensiven Wehen

Aufnahme in der Klinik

Papiere nicht vergessen

Nach der Ankunft in der Klinik müssen Sie oder Ihr Partner die Aufnahmeformalitäten erledigen. Daher ist es wichtig, dass Sie alle Papiere, insbesondere den Mutterpass griffbereit haben.
Die Hebamme wird Sie untersuchen, um festzustellen, wie weit die Geburt bereits fortgeschritten ist. Dazu wird ein Aufnahme-CTG geschrieben. Die Hebamme überprüft anhand der kindlichen Herztöne, wie es Ihrem Kind geht. Viele Hebammen empfehlen einen Einlauf, damit der Darm leer ist, wenn das Baby kommt. Die Schamhaare werden heutzutage nicht mehr rasiert, das war einmal.

Zu Hause oder im Geburtshaus

Telefonnummer immer parat

Mit Ihrer Hebamme, beziehungsweise den Hebammen im Geburtshaus werden Sie vereinbart haben, dass Sie jederzeit dort anrufen können. Deren Mobilfunk-Nummer sollten Sie gegen Ende der Schwangerschaft immer zur Hand haben. Wenn die Geburt losgeht, kommt Ihre Hebamme vorbei oder Sie treffen sich im Geburtshaus. Sollte sich noch nichts tun, wird sie Ihnen empfehlen, noch ein bisschen zu schlafen, sich abzulenken oder spazieren zu gehen.
Ob Sie einen Einlauf bekommen, hängt von der Einstellung Ihrer Hebamme und von Ihren eigenen Wünschen ab. Außer dem gelegentlichen Abhören der kindlichen Herztöne und Untersuchungen zur Beurteilung der Muttermundseröffnung sorgen Hausgeburts- und Geburtshaus-Hebammen vor allem dafür, dass Sie sich wohl fühlen und sich dem Geburtsablauf ungestört überlassen können. Dabei achten sie aber genauestens auf Abweichungen, die einen problematischen Verlauf der Geburt ankündigen. Im Zweifelsfall wird die Geburt in der Klinik beendet.

Den eigenen Rhythmus finden

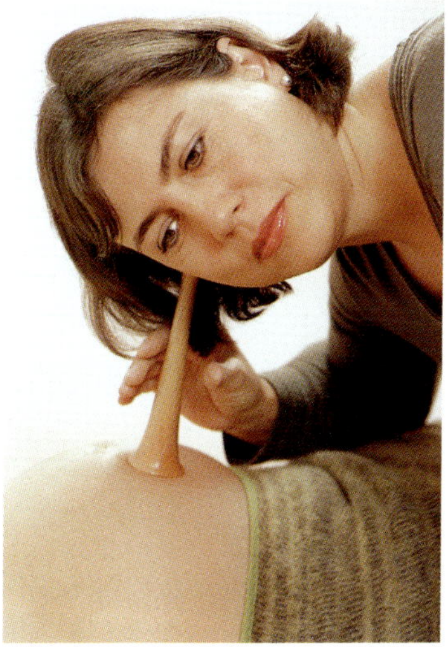

Mit Hilfe des Hörrohrs kontrolliert die Hebamme die kindlichen Herztöne.

Die Geburt

Im Vorfeld der Geburt verkürzt sich zunächst der Gebärmutterhals (die Zervix »braucht sich auf«) und verschwindet schließlich ganz. Anschließend eröffnet sich der Muttermund. Das ist die Eröffnungsphase. Die Umstellung von der ziehenden Muskeltätigkeit (Eröffnung) zur schiebenden Muskeltätigkeit (Austreibung) vollzieht sich in der Übergangsphase. Diese erleben viele Frauen als besonders unangenehm. Andere wiederum nehmen diese, meist recht kurze Zeit nicht als besondere Phase wahr. Nach der vollständigen Eröffnung des Muttermundes beginnt die eigentliche Geburt des Kindes – die Austreibungsphase. Doch auch wenn das Kind geboren ist, ist die Geburt noch nicht beendet. Mit der Geburt der Plazenta und der Eihäute schließt sich die Nachgeburtsphase an.

Eröffnungsphase

Die Eröffnung dauert von allen Phasen fast immer am längsten – beim ersten Kind durchschnittlich zwölf Stunden. Die Muskeln der Gebärmutter ziehen den Muttermund nach und nach bis zu einer Öffnung von zehn Zentimetern auf. Dabei verdickt sich die Muskelschicht an der Oberseite der Gebärmutter, dem Fundus. Das ist wichtig, denn diese dicke Muskelschicht drückt das Kind später in der Austreibungsphase (Endphase) heraus.

So kommen Sie gut durch die Eröffnungsphase

In Bewegung bleiben

Sie können die Eröffnungswehen tatkräftig unterstützen, indem Sie möglichst aufrecht bleiben und sich bewegen, zum Beispiel

- umhergehen
- Treppen steigen
- beckenkreisen
- bauchtanzen
- Positionen wechseln

WICHTIG

Mit Ihren Kräften haushalten

Bewegung bedeutet nicht, dass Sie sich müde laufen. Sie brauchen Ihre Kraft noch! Ruhen Sie sich zwischendurch immer wieder aus, aber auch das wird Ihnen wahrscheinlich in aufrechter Position, beispielsweise auf einem Gymnastikball, im Schaukelstuhl oder im Vierfüßlerstand am angenehmsten sein.

Im Vierfüßlerstand können Sie auch intensive Wehen gut beatmen.

Nutzen Sie die Zeit

Sie haben in der Regel viel Zeit, um Verschiedenes auszuprobieren. Nutzen Sie diese Möglichkeit, machen Sie es sich gemütlich und kuscheln Sie mit Ihrem Partner in den Wehenpausen oder seien Sie aktiv: Tanzen Sie nach mitgebrachter Musik und bewegen Sie sich, so wie es Ihnen gefällt und Ihrem individuellen Rhythmus entspricht.

Wehen bejahen!

Atmen Sie mit den Wehen, stöhnen oder singen Sie. Freuen Sie sich über jede Wehe, die Sie Ihrem Kind ein Stück näher bringt. Seien Sie stolz auf Ihren Körper, der so gut funktioniert, und erlauben Sie ihm, sein »Programm abzuspulen«. Lassen Sie sich auf die Wehenarbeit und den Schmerz ein und versuchen Sie in den Wehenschmerz hinein zu atmen. Gestatten Sie Ihrem Partner, Sie mit Berührung, Massagen und gutem Zureden zu verwöhnen. Und freuen Sie sich auf Ihr Kind, das sich genauso anstrengen muss wie Sie. Betrachten Sie die Geburt als ein einmaliges Erlebnis, das Sie und Ihr Kind gemeinsam bewältigen. Ihr Partner, Ihre Hebamme und Ihr Arzt helfen und unterstützen Sie dabei. Die Arbeit macht Ihr Körper allein. Sie können stolz sein auf diese Leistung!

Die Wehen positiv sehen

Gemeinsam stark

TIPP!
Die Eröffnungsphase kann lange dauern. Etwas Abwechslung wird Ihnen und Ihrem Partner gut tun: Bringen Sie Musik (CDs, Kassetten) mit, die Sie mögen, vielleicht auch einfache Spiele, mit denen Sie sich die Zeit auf angenehme Weise vertreiben können.

So können Sie Ihre Partnerin unterstützen

- Ihre Frau braucht Sie an ihrer Seite zum Halten und Stützen während der Wehen.
- Helfen Sie ihr, neue Positionen zu finden, die ihr die Wehenarbeit erleichtern.
- Atmen Sie mit, sobald die Wehen stärker werden.
- Massieren, streicheln und berühren Sie Ihre Frau, besonders an den Körperstellen, die sie anspannt. Achten Sie dabei be-

sonders auf ihren Mund- und Kieferbereich, die Schultern, den Po und die Oberschenkel. Durch Ausstreichen der jeweiligen Körperpartie im Rhythmus des Ausatmens können Sie ihr helfen, sich zu entspannen.

Aufmerksam und sensibel sein für die Bedürfnisse der Partnerin

- Besorgen Sie ihr alles, was sie braucht. Fragen Sie die Hebamme nach Kissen, Polstern, Musik, Massageöl, Tee ...
- Lassen Sie sich ein feuchtes Tuch geben, um Ihrer Frau in anstrengenden Phasen damit über das Gesicht zu streichen, oder besprühen Sie sie mit kühlem Wasser.
- Erinnern Sie sie von Zeit zu Zeit daran, auf die Toilette zu gehen.
- Versuchen Sie zu erspüren und zu erfragen, was sie gerade braucht.
- Nehmen Sie es ihr nicht übel, wenn sie nicht angefasst werden will.
- Reden Sie nicht während der Wehen – auch nicht mit anderen Personen! Bitten Sie andere, die reden, während der Wehen ruhig zu sein.

Für Ruhe sorgen

- Nutzen Sie gemeinsam die Wehenpausen. Helfen Sie Ihrer Partnerin zu entspannen, damit ihr Atem ruhiger wird und sich wieder einpendelt.
- Machen Sie Ihrer Partnerin immer wieder Mut und vermitteln Sie Zuversicht.

Übergangsphase

Diese Zwischenphase, in der sich der Muttermund vollständig öffnet, erleben viele Frauen als besonders unangenehm und schmerzhaft. Typisch für diese Phase sind Sprüche wie »ich will nicht mehr, ich gehe jetzt nach Hause«, »ich schaff's nicht mehr«, »ich will etwas gegen die Schmerzen« oder »ich will heute kein Kind kriegen, ich mache morgen weiter«. Das klingt zwar lustig, ist aber bitterernst gemeint. Natürlich gehen die Frauen nicht wirklich. Vielen hilft schon das gute Zureden des Partners und der Hebamme, um über diese, meist kurze Phase hinwegzukommen. Was Sie jetzt brauchen, ist Motivation und Unterstützung. Besonders hilfreich kann es in dieser Situation sein, wenn Ihr Partner laut mitatmet. Zusätzlich zu dem Gefühl, es nicht zu schaffen, können zu diesem Zeitpunkt auch körperliche Symptome auftreten, die Sie möglicherweise irritieren und aus dem Konzept bringen, zum Beispiel Übelkeit und Erbrechen.

Bald haben Sie's geschafft!

Das beste Argument, das Ihr Partner hat, ist die Zusicherung, dass die eigentliche Geburt nicht mehr lange auf sich warten lässt, da alle diese Anzeichen darauf hindeuten, dass das Kind bald geboren wird.

Die Rolle des Partners

Der Partner ist jetzt ganz wichtig. Aber nicht alle werdenden Väter wollen (oder sollten) mit in den Kreißsaal gehen. Abgesehen davon, gibt es nicht immer einen anwesenden Vater. Mit Partner ist also auch immer eine andere Begleitperson gemeint: die Mutter, die Schwester oder eine enge Freundin. Die folgenden Vorschläge wenden sich demnach an die Person, welche der Frau bei der Geburt beisteht.

So können Sie Ihre Partnerin unterstützen

Druckmassagen lindern den Wehenschmerz.

Jede Frau reagiert anders. Sie kennen Ihre Partnerin am besten. Stellen Sie sich ganz auf sie ein.

Probieren Sie aus, worauf sie anspricht – und richten Sie sich darauf ein, dass sich ihre Bedürfnisse schnell ändern können. Eben half noch eine Rückenmassage, jetzt will sie nicht mehr berührt werden, verlangt dann aber doch nach einer starken Druckmassage im Kreuzbein-Bereich. Die Gratwanderung zwischen Zurückhaltung und neuen Angeboten ist nicht immer leicht zu bewältigen. Sie sollten es Ihrer Partnerin auch nicht übel nehmen, wenn sie Sie wegstößt. Während einer Wehe kann eine Frau nicht reden und erklären, was ihr gefällt und was nicht. Das geschieht eher nonverbal durch Bewegungen und eben durch Wegschubsen. Ziehen Sie sich nicht zurück, Ihre Hilfe ist wertvoll, selbst wenn Sie Ihrer Partnerin »nur« die Hand halten.

Nicht persönlich nehmen

Austreibungsphase

Haben Sie den »letzten Saum« des Muttermundes in der Übergangsphase geschafft, dann dürfen Sie Ihr Kind jetzt hinausschieben. Dem Pressdrang nachzugeben und aktiv zu schieben ist für viele Frauen eine kolossale Erleichterung. Sie werden nicht glauben, wie viel Kraft Sie in dieser Situation zur Verfügung haben und mobilisieren können.

Schieben erlaubt

Die letzte Hürde

Der Weg durch den Geburtskanal, den Ihr Kind zurücklegen muss, ist kurvig. Es muss sich drehen und wenden, um optimal hindurchzupassen. Am Eingang des Beckens muss es zunächst zur Seite gucken, da die obere Öffnung des Beckens queroval ist.

Eine großartige Leistung

Zwischen Beckeneingang und Beckenausgang, also in der runden Beckenmitte muss es seinen Kopf dann drehen. Jetzt kann Ihr Kind mit dem Gesicht nach hinten (selten auch nach vorn) den längsovalen Ausgang des Beckens passieren. Manchmal klappt das mit der Einstellung des Kopfes nicht auf Anhieb. Mit leichtem Beckenkreisen oder sanftem »Schaukeln« Ihres Beckens unterstützen Sie Ihr Baby beim »Durchschrauben« des Geburtskanals. Der Drang, der Sie antreibt, Ihr Kind hinauszuschieben, ist unvorstellbar intensiv, insbesondere wenn Ihr Baby am Beckenboden angekommen und sein Kopfhaar von außen sichtbar ist.

Vorsicht Damm!

Um den Beckenboden und den Damm zu schonen, ist eine langsame Dehnung, also ein langsames Herunter- und Herausschieben des Köpfchens sinnvoll. In diesem Moment werden Sie Ihren Körper so intensiv wahrnehmen wie nie zuvor. Sie werden dieses große runde Ding, das Köpfchen in Ihrer Scheide, unbedingt hinausschieben wollen.

Auf die Hebamme hören

Die Hebamme wird Sie anleiten, langsamer zu schieben, innezuhalten und wieder etwas zu schieben. Versuchen Sie, währenddessen ruhig weiterzuatmen, auch wenn es nur schnell und oberflächlich geht. Unter Umständen rät Ihnen die Hebamme zu hecheln, das ist aber sehr schwierig. Entweder Sie haben im Geburtsvorbereitungskurs ein rhythmisches, oberflächliches Atmen geübt, das Sie jetzt gut gebrauchen können, oder Sie atmen so gut es eben geht. Falls Sie hecheln, atmen Sie zwischendurch immer mal wieder aus, dann holen Sie automatisch die Menge an Luft, die Sie brauchen, ohne durch das Hecheln in Atemnot zu geraten.

Nicht zu stark schieben

Atmen Sie immer weiter, damit Sie nicht zu stark pressen. Die Gefahr, dass das Gewebe reißt, ist beim (sachten) Schieben wesentlich geringer.

WICHTIG

Schutz für den Damm

Einen Dammriss oder -schnitt können Sie am ehesten vermeiden, indem Sie Ihr Kind in aufrechter Position langsam hinausschieben. Wichtig ist dabei die Anleitung durch die Hebamme. Hektisches Anfeuern ist meistens wenig sinnvoll.

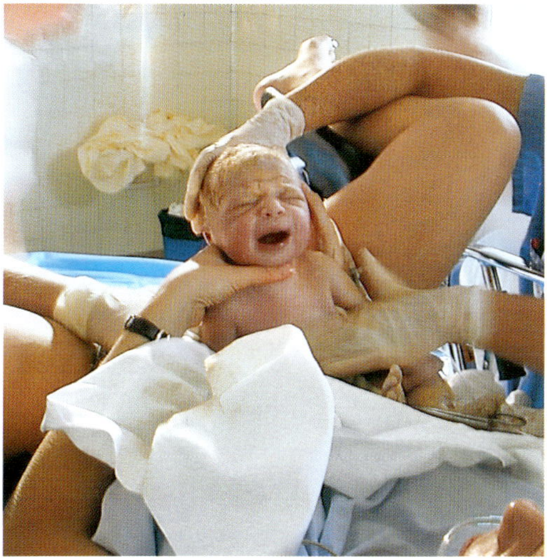

Endspurt: Gleich ist es geschafft!

Riss oder Schnitt?

In vielen Kliniken wird zu häufig geschnitten. Fragen Sie vorher nach und bitten Sie darum, den Damm im Zweifelsfall eher reißen zu lassen. Es ist erwiesen (und zahlreiche Frauen können das aus ihrer Erfahrung bestätigen), dass ein Riss fast immer besser heilt als ein Schnitt.

Vorher erkundigen

Ihr Kind wird geboren

Auf die eigene Gebärfähigkeit vertrauen

Vertrauen Sie Ihren Fähigkeiten: Sie werden Ihr Kind gebären. Ihr Körper ist dazu in der Lage, Sie müssen nur daran glauben. Gesteuert durch die entsprechenden Hormone wird Ihr Körper das jeweils Richtige tun. Sie dürfen sich dabei nur nicht aus dem Konzept bringen lassen. Darum werden Sie wahrscheinlich ganz von selbst abschalten, Ihre Umgebung kaum noch wahrnehmen und auf die Signale Ihres Körpers hören. Bitten Sie ungeniert um Ruhe, wenn Sie sich gestört fühlen. Sie sind die Hauptperson, Sie müssen sich auf das körperliche Geschehen konzentrieren.

Der Kopf ist da!

Wenn Sie den Kopf des Kindes herausgeschoben haben, werden Sie noch die Schultern spüren, und dann, sobald der restliche Körper ganz leicht herausgeflutscht ist, wird Sie sicher eine ungeheure Erleichterung überfluten – ein unbeschreibliches Glücksgefühl!

Der erste Hautkontakt ist ein intensiver Augenblick für Mutter und Kind.

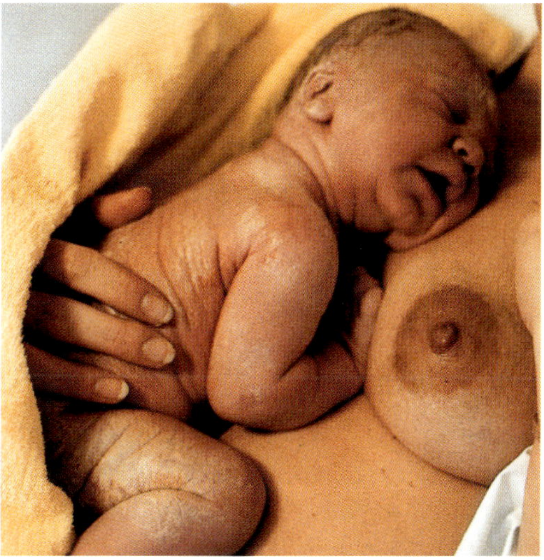

Nachgeburtsphase

Ihr Kind ist da! Sie haben es geschafft und können Ihre neue große Liebe in aller Ruhe kennen lernen. Zwischendurch fragt die Hebamme Ihren Partner, ob er die Nabelschnur durchtrennen möchte. Sie bekommen das vielleicht gar nicht mit, denn Sie haben nur noch Augen und Ohren für das kleine Wunder in Ihrem Arm. Doch plötzlich will die Hebamme wieder etwas von Ihnen: Die Geburt ist nicht beendet, es fehlt noch die Nachgeburt. Sie spüren wieder (leichte) Wehen und sind noch einmal gefordert, mitzuschieben.

Noch einmal schieben

Wenn die Plazenta auf sich warten lässt

Wenn die Plazenta nach einer gewissen Zeit nicht kommt, erhalten Sie eine Spritze – in vielen Kliniken routinemäßig. Oftmals drückt die Hebamme auf den Bauch und zieht an der Nabelschnur. Das sollte eigentlich unterbleiben. Zudem ist das den meisten Frauen auch sehr unangenehm. Wenn sie daran denken, bitten Sie die Hebamme, sich noch einmal hinhocken zu dürfen. Wenn Sie im Hocken auch noch kräftig husten, kommt die Plazenta vielleicht ganz schnell und leicht. Oder Sie regen die Wehen an, indem Sie Ihr Kind an die Brust legen. Sein Saugen bewirkt die erforderliche Oxytocin-Ausschüttung.

Es geht auch ohne Spritze

Wenn das Baby bereit ist zu trinken

Lebensbaum

Wegen ihres baumähnlichen Aussehens wird die Plazenta auch Lebensbaum genannt. Früher wurde sie nach der Geburt vergraben. Anschließend pflanzte man ein Bäumchen oder einen Rosenstrauch darauf. Auf diese Weise wünschte man dem Kind ein langes und erfülltes Leben.

Die Plazenta muss vollständig sein

Ist die Plazenta geboren, überprüft sie die Hebamme auf Vollständigkeit. In seltenen Fällen verbleiben noch Plazentareste und Eihäute in der Gebärmutter. Diese müssen durch »Ausschaben« entfernt werden. Das bedeutet, dass Sie in den OP umziehen müssen und eine Narkose bekommen. Falls Sie während der Geburt eine PDA erhalten haben, ist natürlich keine weitere Narkose erforderlich. Diese »Unterbrechung« stört zwar kurzfristig Ihr inniges Zusammensein mit dem Baby, Sie werden aber gleich wieder bei ihm sein.

Letzter Eingriff

Günstige Geburtsbedingungen

In jeder Phase der Geburt braucht Ihr Körper unterschiedliche Bedingungen, um optimal arbeiten zu können.

In der Eröffnungsphase

Kopf abschalten

Vor allem während der Eröffnungsphase, in der sich der Muttermund öffnen muss, ist es wichtig, den natürlichen Ablauf so wenig wie möglich zu stören. Angst, Anspannung, angehaltener Atem und zu wenig Sauerstoff hindern die Muskulatur daran, ihre Arbeit zu tun. Sie muss sich mehr anstrengen, und Sie verspüren stärkere Schmerzen.

Den eigenen Rhythmus finden

Das innere Gleichgewicht herstellen

Ist das natürliche Gleichgewicht der Hormone gestört, beispielsweise durch unvorhergesehene Ereignisse, Frust, unbedachte Bemerkungen oder medizinische Eingriffe, hilft ein warmes Wannenbad oder ein abgedunkelter Raum mit ruhiger Musik, um wieder zur Ruhe zu kommen. Stress, egal welcher Art, bewirkt, dass Ihr Körper das Hormon Adrenalin ausstößt. Was dazu führt, dass das Geburtshormon Oxytocin in seiner Wirkung behindert wird und weniger körpereigene Schmerzstoffe, Endorphine genannt, ausgeschüttet werden. Damit die Hormone optimal zusammenarbeiten können, brauchen Sie eine Umgebung, in der Sie sich wohl und geborgen fühlen, sowie eine aufmerksame Betreuung. Aus diesem Grund ist es auch so wichtig, der Wahl des Geburtsortes große Aufmerksamkeit zu schenken. Auch wenn Sie normalerweise freundliche, lichte Räume bevorzugen, stört eine zu helle Umgebung, insbesondere das Neonlicht, die körpereigene Hormonausschüttung ganz empfindlich. Ein warmer, dämmriger Raum mit gedämpftem Licht ist kuscheliger und begünstigt das optimale Zusammenspiel zwischen Oxytocin und den Endorphinen. Er vermittelt Ihnen eine Geborgenheit, in der Sie sich dem Geburtsverlauf vorbehaltlos hingeben können. Sich fallen zu lassen, mit den Wehen mitzuschwingen und den eigenen Rhythmus zu finden, das hilft Ihrem Körper, sich zu öffnen und das Kind herauszulassen.

Die Umgebung muss stimmen

Den Körper öffnen

In der Endphase

Während die Ausschüttung des Stresshormons Adrenalin in der Eröffnungsphase vermieden werden sollte, ist sie in der Austreibungsphase physiologisch, also geradezu erwünscht. Der Atem ändert sich, Wut und Angst kommen auf. Genau diese Gefühle spornen Ihren Körper in der Endphase der Geburt an, das Kind mit aller Kraft hinauszuschieben. Beim ersten Kind dauert diese letzte Phase meist länger als beim zweiten.

Letzte Kräfte mobilisieren

Der vorübergehende Zustand des Stresses begünstigt zudem die Anpassung Ihres Kindes an das Leben außerhalb der Gebärmutter. Babys, die dem Geburtsstress nicht ausgesetzt waren, weil sie per Kaiserschnitt geboren wurden, haben häufig Anpassungsschwierigkeiten. Die hohe Hormonkonzentration während der Geburt hilft Ihrem Baby auch, seine Körpertemperatur selbst zu regulieren, wach und aufmerksam zu sein. Das ist wichtig, damit es die Brust aus eigenem Antrieb findet, wenn es bereit ist zu saugen und zu trinken.

Das Neugeborene findet den Weg zur Brust alleine.

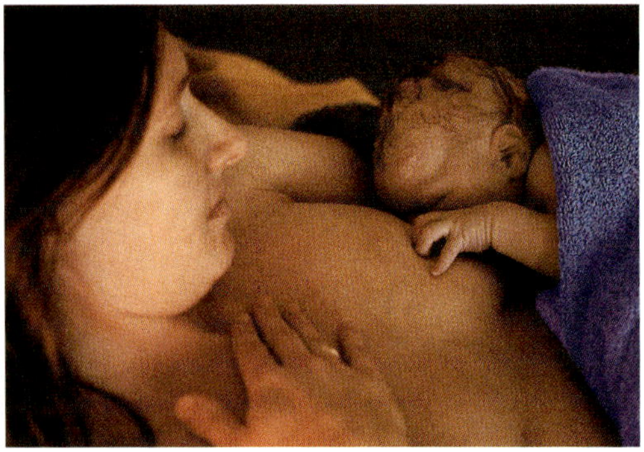

Ängste abbauen

Eine Geburt ist ein ganz normaler Vorgang, den Frauen seit Millionen von Jahren aus eigener Kraft meistern. Er ist nicht intellektgesteuert – ganz im Gegenteil. Schalten wir unseren Verstand ein, um »alles im Griff« zu haben, stören wir den natürlichen Ablauf empfindlich.

Auf den Körper hören

Es fällt Frauen heute nicht leicht, sich einfach fallen zu lassen. Alles, was sonst von ihnen erwartet und verlangt wird – präzise, termingerechte Arbeit, adrettes Auftreten, ruhiges und überlegtes Handeln –, sind nicht gerade die Leistungen, die eine Geburt begünstigen.

Sprechen Sie über Ihre Erwartungen, Ängste und Wünsche in Ihrem Geburtsvorbereitungskurs, mit Ihrem Partner oder mit Freundinnen, die bereits Kinder haben. Reden Sie darüber, wenn Sie Angst haben, sich »unbeherrscht« zu benehmen. Vor der Hebamme und dem ärztlichen Personal brauchen Sie keine Scheu zu haben. Die wissen, dass eine Frau genau ab dem Zeitpunkt, an dem sie sich ganz dem Geschehen überlässt, alle Hemmungen verliert. Für Hebamme und Arzt ist das sogar ein Grund zur Freude, denn nun haben Sie es bald geschafft, die Geburt geht ihrem Ende zu.

Sich mitteilen

Wenn die Schmerzen unerträglich werden

Sollten Ihre körpereigenen Schmerzmittel versagen, beispielsweise weil es anders läuft als erhofft und Sie das Gefühl haben, die Schmerzen nicht mehr aushalten zu können, müssen Sie deshalb nicht unbedingt zu einem Schmerzmittel greifen. Es gibt auch andere Möglichkeiten, mit den Schmerzen besser umgehen zu können, sie leichter zu ertragen.

Eine Möglichkeit von vielen

Umgang mit Schmerzen

Warmes Wasser und ein paar Tropfen Aromaöl wirken Wunder.

Der Wehenschmerz gehört zur Geburt. Aber er ist nicht vergleichbar mit den Schmerzen einer Wunde, einer Infektion oder mit Zahnschmerzen. Der Geburtsschmerz ist positiv, er bringt Sie Ihrem Kind näher, ist also produktiv. Er zeigt Ihnen und der Hebamme, wie weit die Geburt fortgeschritten ist. Bald werden Sie Ihr Kind im Arm halten und der Schmerz ist wie weggeblasen. Ihr Körper hat genug Reserven, um mit den Schmerzen und der großen Anstrengung zurechtzukommen, lassen Sie ihn gewähren und erleben Sie die Geburt – wenn möglich – aus eigener Kraft.

Das erleichtert die Schmerzen

- Nehmen Sie ein warmes Bad.
- Wenn Sie gelegen haben, begeben Sie sich in eine aufrechte Position: Hängen Sie sich an Ihren Partner, an Tücher, an ein Seil oder an eine Sprossenwand.
- Auch wenn Sie sich aufraffen müssen, bewegen Sie sich, lassen Sie Ihr Becken kreisen (das begünstigt die Ausschüttung der Endorphine).
- Versuchen Sie, gemeinsam mit Ihrem Partner ruhig und gleichmäßig zu atmen. Lassen Sie beim Ausatmen Töne zu oder stöhnen Sie laut.
- Nehmen Sie die Wehenpausen bewusst wahr, schauen Sie sich ein schönes Bild an oder rufen Sie sich eines ins Gedächtnis.

Körpereigene Schmerzmittel aktivieren

- Genießen Sie gerade in den Wehenpausen den Rhythmus Ihres Atems: das Kommen und Gehen von Ein- und Ausatem. Wie eine Welle wird die nächste Wehe kommen, schwimmen Sie mit Ihrem Atem auf der Welle. Bleiben Sie im Wellen-Wehen-Rhythmus, auch wenn es laut und stürmisch wird.

Berührungsentspannung durch den Partner

- Lassen Sie sich von Ihrem Partner mit Berührung entspannen: Er sollte die Hand sanft auf bestimmte, angespannte Körperteile legen und nach einer Ruhephase mit dem Ausatmen ausstreichen: über den Arm, den Rücken oder ein Bein, je nachdem, wo die Hand liegt (siehe Seite 89).
- Sagen Sie den Anwesenden in den Wehenpausen, was Sie stört oder was Sie gerne hätten. Vieles kann Ihnen die Hebamme sicher beschaffen (weitere Kissen, Polster, Bälle, eine Wärmflasche, warme Kirschkernsäckchen, kühle oder warme Getränke).

Medizinische Schmerzmittel

Wirksame Mittel

Heute gibt es eine Reihe von Medikamenten, die den Geburtsschmerz komplett unterdrücken oder ihn zumindest dämpfen. Manche Frauen verlangen von vornherein Schmerz- oder Betäubungsmittel. Einige von ihnen haben bereits schlechte Erfahrungen bei früheren Geburten gemacht, bei anderen ist es die erste Geburt und sie haben Angst vor den Schmerzen, weil sie nicht wissen, was auf sie zukommt. Auch negative Geburtsberichte von Freundinnen oder Bekannten können der Grund sein, warum eine Frau auf einem Schmerzmittel besteht.
Meist stellt sich die Frage nach einem Schmerz- oder Betäubungsmittel allerdings erst während der Geburt. Mit der folgenden Übersicht können Sie sich einen Überblick verschaffen, welche Mittel es gibt, wann sie eingesetzt werden und was sie bewirken.

Hilfe für alle Fälle

Buskopan

Buskopan ist ein krampflösendes Mittel, das Ihren Muttermund weicher und nachgiebiger macht. Es gehört zur Gruppe der Spasmolytika.

Nubain, Fortral oder Ähnliches

Dabei handelt es sich um starke Schmerzmittel, von denen Sie dösig und schläfrig werden. Sie sind nur für bestimmte Situationen geeignet, beispielsweise wenn die Geburt voraussichtlich noch lange dauert, Sie große Angst haben und eine kleine »Verschnaufpause« brauchen, um neue Kräfte zu sammeln. Vorsicht: Ihr Kind döst mit, falls es kurze Zeit später geboren wird und noch zu viel dieses Präparates in sich hat, kann es Atemschwierigkeiten haben. Diese Mittel gehören zur Gruppe der Opiate.

Periduralanästhesie (PDA)

Schmerzmittel Nummer eins

Die PDA, im Volksmund auch Rückenmarksspritze genannt, gehört mittlerweile zu den beliebtesten und am häufigsten eingesetzten Mitteln zur Schmerzbekämpfung. Einerseits soll sie das Kind von allen Schmerzmitteln am wenigsten belasten, andererseits werden die Frauen »ruhig gestellt«. Für die Geburtshelfer ist sicher auch ein Grund, dass die Geburt so ruhiger verläuft. Die PDA wird aber von vielen Frauen favorisiert, weil sie ihnen die Schmerzen fast vollständig nimmt.

So wirkt die PDA

In örtlicher Betäubung wird ein feiner Katheter in den Periduralraum im Bereich des Lendenwirbels geschoben. Über diesen Katheter werden lokale Betäubungsmittel – neuerdings auch morphiumähnliche Medikamente – verabreicht. Dadurch wird der ganze Unterleib betäubt, so dass die Frau im Idealfall keine Wehen mehr spürt. Mit den modernen Schmerzmitteln können die Frauen sogar laufen, weil die Beine nicht betäubt sind. Die Wirkung des jeweiligen Mittels lässt nach ungefähr zwei Stunden nach, der Katheter bleibt aber liegen, damit im Bedarfsfall nachgespritzt werden kann.

Bewegungsfreiheit kaum eingeschränkt

Ideal ist es, wenn die PDA so dosiert wird, dass die Gebärende die Austreibungswehen wieder spürt, um ihr Kind aktiv hinausschieben zu können, andernfalls muss unter Umständen eine Saugglocke angewendet werden. Aus diesem Grund wird in der Übergangsphase in der Regel keine PDA mehr gesetzt. Es würde zu lange dauern, bis das Medikament wirkt. Auch wenn Sie das im Moment wütend macht, versuchen Sie, es positiv zu sehen: Wenn Hebamme und Arzt Ihnen sagen, dass eine PDA nicht mehr möglich und notwendig ist, wissen Sie, dass die Geburt unmittelbar bevorsteht. Die letzte Etappe schaffen Sie auch ohne Medikamente – alle Anwesenden werden Sie dabei nach Kräften unterstützen.

Nur in der Eröffnungsphase

Eine PDA kann sinnvoll sein, wenn die Geburt nicht oder nur langsam voranschreitet und die Gebärende sehr erschöpft ist. Oftmals lässt sich so ein Kaiserschnitt vermeiden.

Medizinische Schmerzmittel im Überblick

Schmerz-mittel	Geburts-phase	Dar-reichung	Indikation	Wirkungs-dauer	Mögliche Nebenwirkungen
Spasmolytika z. B. Buskopan	Eröffnung	Zäpfchen, Spritze, Infusion	Muttermund öffnet sich nicht, Schmerzen	1–2 Stunden	trockener Mund, Herzrasen
Opiate z. B. Nubain, Fortral	Eröffnung	Spritze, Zäpfchen	Muttermund öffnet sich nicht, Schmerzen, Angst, Erschöpfung	2–3 Stunden	Übelkeit, Erbrechen, Blutdruckabfall Kind: schlechte Atmung
Beruhigungs-mittel	Eröffnung	Tropfen, Spritze, Zäpfchen, Tabletten	Verspannung, Angst, Schmerzen	Mehrere Stunden	Verwirrung
Periduralanästhesie (PDA)	Eröffnung	Dauerkatheter, Spritze in den Periduralraum (zwischen zwei Wirbelkörpern)	Geburtsstillstand, Schmerzen, Bluthochdruck, Beckenendlage, Mehrlinge, Kaiserschnitt	2 Stunden (mit Lokalanästhetikum) bis zu 5 Stunden (mit Morphium)	verlängerte Pressphase, Saugglocken- oder Zangengeburt (da Pressdrang fehlt), Blutdruckabfall, Kopfschmerzen, bis zu 24 Stunden liegen
Spinalanästhesie (SPA)	Austreibung	Einmal-Spritze in den Spinalraum (eine Schicht tiefer als bei PDA)	Geburtsstillstand, Saugglocken-Zangengeburt, oder eiliger Kaiserschnitt	2 Stunden	Blutdruckabfall, Kopfschmerzen, bis zu 24 Stunden liegen
Lokalanästhesie	Austreibung	Pudendusblock (Spritze in den Vaginalbereich), Damminfiltration (Spritze in den Dammbereich)	Dammschnitt, schmerzhafte Pressphase, Saugglocken- oder Zangengeburt, zum Nähen eines Dammschnittes oder -risses	1 Stunde	Entzündung

Alternative Schmerzmittel

Keine Nebenwirkungen

Es gibt zahlreiche Alternativen zu den herkömmlichen schulmedizinischen Schmerzmitteln. Wenn Sie dafür offen sind, erkundigen Sie sich im Rahmen der Info-Abende in den Kliniken, im Geburtshaus oder bei Ihrer Wunschhebamme, welche alternativen Mittel und Methoden jeweils angeboten werden.

Akupunktur

Bewegungsfreiheit eingeschränkt

Mit Hilfe feiner Nadeln, die an bestimmten Körperstellen eingestochen und nach einer Weile wieder entfernt werden, soll die Schmerzempfindlichkeit herabgesetzt werden.
Meist wird die Körper- oder Ohr-Akupunktur schon in den Wochen vor der Geburt in einem Vorbereitungskurs angewandt. Die Frauen lernen die entspannende Wirkung kennen und wissen, wie die Nadeln gelegt werden. Selten wird Akupunktur ausschließlich während der Geburt eingesetzt. Akupunktur ist allerdings nur bedingt bei Geburtsschmerzen geeignet: Da die Nadeln die körpereigene Endorphin-Produktion stimulieren sollen, müssen sie gelegt werden, bevor der Schmerz unerträglich wird. Viele Frauen fühlen sich durch die Nadeln in ihrer Bewegungsfreiheit eingeschränkt.
Eine Verstärkung der Wirkung wird durch Elektrostimulation der Nadeln erreicht.
Für Frauen, die große Angst vor dem Geburtsschmerz haben, kann die Akupunktur durchaus eine Hilfe sein.

Akupressur

Akupunktur ist eine gute Alternative zu herkömmlichen Schmerzmitteln.

Die Akupressur ist die »sanfte« Form der Akupuktur ohne Nadeln – nur durch Fingerdruck. Falls Ihr Partner sich mit Akupressur auskennt, kann er die Stimulation der jeweiligen Akupressur-Punkte – in der Grube zwischen Daumen und Zeigefinger, am Kreuzbein oder am Hinterhaupt – nach Rücksprache mit der Hebamme übernehmen.

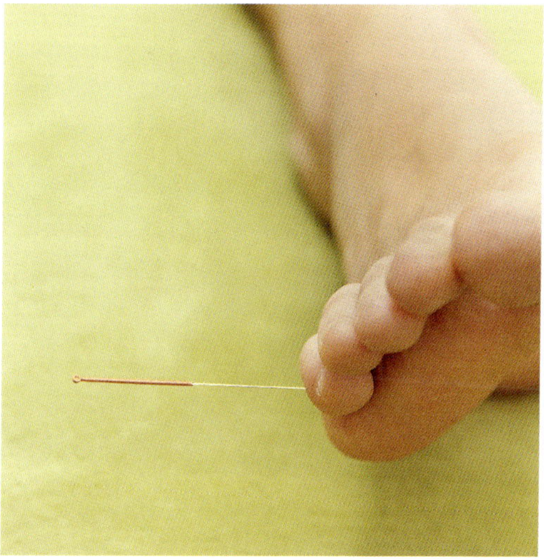

Bachblüten-Therapie

Haben Sie gute Erfahrungen mit Bachblüten, dann lassen Sie sich am besten vom Heilpraktiker oder der Hebamme die richtigen Mittel für die Geburt geben.

Homöopathische Mittel

Hier gilt das Gleiche, wie für die anderen naturheilkundlichen Methoden: Wenn Sie bereits in homöopathischer Behandlung sind, dann informieren Sie sich am besten vorher, welche Mittel für Sie während der Geburt richtig sein könnten. In vielen Kreißsälen und in den Geburtshäusern sind homöopathische Mittel vorhanden. Hebammen und Ärzte haben mittlerweile Erfahrungen gesammelt mit den »klassischen« Präparaten wie Pulsatilla, Gelsemium, Chamomilla, Caulophyllum und anderen, die in bestimmten Situationen gezielt eingesetzt werden – und manchmal Wunder wirken. Einige freiberufliche Hebammen haben eine Zusatzausbildung in klassischer Homöopathie. Wenn Sie Wert darauf legen, erkundigen Sie sich rechtzeitig.

Sanfte Wirkung aus der Natur

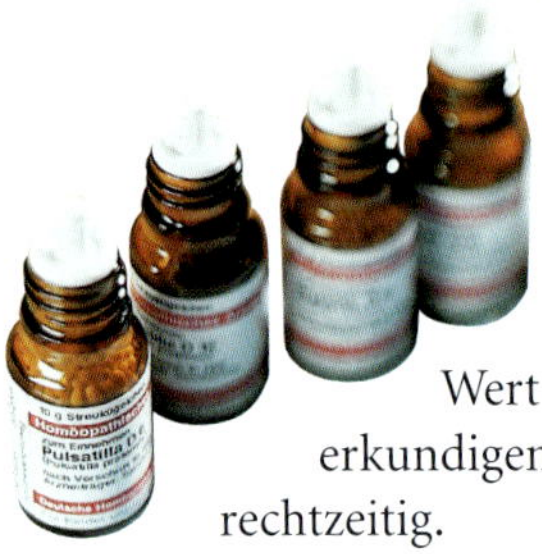

Aromatherapie

Vielleicht haben Sie die Wirkung bestimmter Duftstoffe bereits in der Schwangerschaft und in Ihrem Geburtsvorbereitungskurs erlebt. Auch während der Geburt werden Aromaöle eingesetzt. Sie können entweder über die Aromalampe, als Badezusatz oder direkt auf der Haut verwendet werden. Verwenden Sie nur 100 % reines, natürliches Öl aus der Apotheke, dem Reformhaus oder dem Naturkostladen.

Wirkung über die Sinne

Die wichtigsten Öle und ihre Wirkung

- Muskatellersalbei wirkt krampflösend und hilft Barrieren zu überwinden, wenn die Geburt nicht weitergeht.
- Jasmin ist ebenfalls krampflösend und hilft Ihnen, abzuschalten und sich auf die Geburt einzulassen.
- Lavendel wirkt schmerzstillend und krampflösend.
- Melisse beruhigt, stärkt, wärmt und erfrischt, wirkt ebenfalls krampflösend.

▶ Für ein Vollbad vermischen Sie zehn Tropfen 100 % reines Öl mit Milch, Sahne oder Honig als Emulgator.

▶ Für ein Massageöl nehmen Sie 20 Tropfen ätherisches Öl und vermischen es mit 50 ml Oliven-, Weizenkeim- oder Mandelöl.

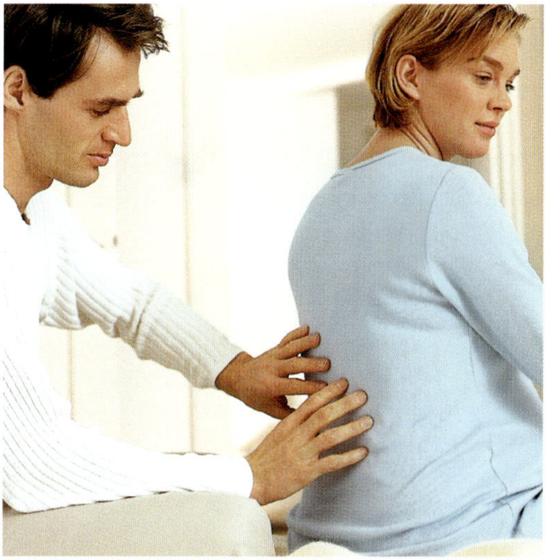

Haptonomie

Eine entspannende Massage durch den Partner tut gut.

Damit ist eine besondere Berührung der Haut gemeint. Haptonomie ist ein wirksames Mittel zur Linderung der Geburtsschmerzen. Ihr Partner kann aber auch mit einer einfachen Entspannungsmassage zu Ihrem Wohlbefinden beitragen. Die Haptonomie wird ebenfalls eingesetzt, wenn das ungeborene Kind dazu motiviert werden soll, sich im Mutterleib zu drehen und tieferzutreten (siehe Seite 78 f.). Leider gibt es nur wenige Ärzte und Hebammen, die fundierte Kenntnisse und Erfahrungen mit dieser speziellen Methode haben. Erkundigen Sie sich am besten schon bei der Anmeldung danach.

Quaddeln (Neuraltherapie)

Beim »Quaddeln« werden an bestimmten Stellen im Rückenbereich Medikamente (Lokalanästhetikum oder Kochsalz) mit einer sehr feinen Nadel direkt in die Haut gespritzt. Die Wirkung erfolgt über die Head´schen Zonen, das heißt, die Schmerzleitung im Rückenmark wird dadurch gehemmt. Zudem soll das »Quaddeln« zur Entspannung des Muttermundes beitragen.

TENS (Transkutane Elektrostimulation der Nerven)

Wenig verbreitet

Bei dieser Methode werden Elektroden auf den Rücken der Frau geklebt. Sie selbst muss regeln, wie stark die Stromstöße sein müssen, bis die Wehenschmerzen nachlassen.

WICHTIG

Vorher erkundigen

Die meisten der beschriebenen Methoden werden nur angewendet, wenn Hebammen und Ärzte von ihnen überzeugt sind und sich mit diesen speziellen Methoden gut auskennen. In Geburtshäusern, bei einer Hausgeburt und inzwischen auch in vielen Kliniken, werden aber meist zumindest homöopathische Mittel oder Aromatherapie eingesetzt. Erkundigen Sie sich im Vorfeld, wenn Sie auf eine bestimmte Methode Wert legen.

Hilfsmittel für die Geburt

Aufrechte Positionen beschleunigen die Geburt

Jahrzehntelang wurden Frauen gezwungen, in Rückenlage zu gebären, obwohl aufrechte Positionen die Geburt deutlich erleichtern und fördern. Auch heute ist die aufrechte Gebärhaltung leider noch nicht überall eine Selbstverständlichkeit.
Einfach nur aufrecht zu stehen oder zu sitzen während der Wehen ist allerdings nicht möglich. Sie brauchen Halt und etwas, worauf Sie sich stützen können. Darum gibt es in Geburtshäusern und vielen Kliniken eine Reihe von Hilfsmitteln, derer Sie sich bedienen können.

Bett

In jedem Kreißsaal steht ein Bett. Auch darauf können Sie sich stützen oder knien. Wenn das Bett hoch genug ist, können Sie davor stehen und sich mit den Armen abstützen. Das Bett selbst brauchen Sie im Prinzip nur zur Geburt – und selbst das nicht unbedingt, falls Sie im Stehen oder auf dem Hocker gebären. Aber als Stütze oder um sich zwischendurch kurz auszuruhen und natürlich für die Zeit nach der Geburt ist es ganz nützlich. Gemütlicher als ein normales, schmales Bett ist ein Doppelbett, das Platz für die ganze Familie bietet. Auf einem breiten Bett können Sie während der Geburt nach Belieben »herumturnen«.

Praktisch – ein breites Bett

Gebärhocker

Gebärhocker gibt es in vielen Ausführungen. Sie sind als Hilfsmittel für die letzten Momente der Geburt gedacht – zur Unterstützung bei einer hockenden Gebärhaltung. Einige Kliniken und Geburtshäuser haben verschiedene Modelle. Probieren Sie aus, welcher Ihnen am angenehmsten ist. Auch bei einer Hausgeburt müssen Sie nicht unbedingt auf den Gebärhocker verzichten, viele Hebammen bringen ihn zur Geburt mit.

Haben Sie keine Hemmungen den Gebärhocker vorher auszuprobieren.

Tücher, Seile und Co

Die Angebotspalette ist groß

Tücher, Seile und Hängematten, die von der Decke hängen, sind ideal, um sich aufrecht daran festzuhalten. In der Geburtsvorbereitung oder bei der Besichtigung des Kreißsaals können sich viele Schwangere das nicht vorstellen. Während der Geburt finden es die meisten Frauen aber sehr angenehm, die Arme anzuheben und sich an etwas festzuhalten. Einige Kliniken und Geburtshäuser verfügen auch über eine Sprossenwand. Sie erfüllt den gleichen Zweck. Probieren Sie während der Geburt aus, was Ihnen gut tut.

Gymnastikbälle

Praktisch auch für später

Große Gymnastikbälle sind vielfältig nutzbar. Sie können darauf sitzen und kreisen fast automatisch mit dem Becken. Sie können aber auch vor dem Ball knien und Ihren Oberkörper darauf ablegen. Ihr Partner kann darauf sitzen und Sie hocken sich vor ihn, zwischen seine Beine und benützen ihn als Stütze. Den Gymnastikball können Sie während der gesamten Geburt nutzen. Eine besonders angenehme Position für die Übergangsphase ist es, im Vierfüßlerstand Arme und Oberkörper auf dem Ball abzulegen.

Badewanne

Ideal zum Abschalten

Ein ganz besonders wirksames Hilfsmittel ist die Badewanne. Im warmen Wasser können Sie sich entspannen, die Wehen werden erträglicher und die Geburt geht voran. Das Kind kann sogar im Wasser geboren werden, unabhängig davon, wie groß die Wanne ist. Es muss auch keine Spezialwanne sein (siehe Seite 33). In die Badewanne sollten Sie aber erst gehen, wenn der Muttermund schon mindestens fünf bis sechs Zentimeter geöffnet ist – erst dann kann das warme Wasser seine volle Wirkung entfalten. Wenn Sie bereits sehr früh in die Wanne steigen und lange im Wasser bleiben, hilft es Ihnen später, wenn Sie es wirklich brauchen, unter Umständen nicht mehr. In der Eröffnunungsphase können die Wehen sogar wieder aufhören. Am besten entscheiden Sie spontan, ob und wie lange Sie in die Wanne gehen möchten.

Nicht zu früh in die Wanne

WICHTIG

Viele Ärzte und Hebammen haben es am liebsten, wenn die Frauen während der Geburt auf dem Rücken liegen, so ist es am bequemsten für sie. Nicht alle sind bereit, vor der Gebärenden »in die Knie« zu gehen. Klären Sie möglichst vorher, ob Sie Ihre Gebärposition frei wählen können und ob Sie vom geburtshilflichen Personal dabei unterstützt werden.

Überflüssige Hilfsmittel

Nicht alles ist sinnvoll

Es gibt auch überflüssige »Geräte«, mit denen Krankenhäuser werben, beispielsweise das extrem teure Roma-Rad, in dem viele Frauen sich eingezwängt vorkommen und in ihrer Bewegungsfreiheit eingeschränkt sind. Wenn die Klinik, für die Sie sich entscheiden, über ein solches »Geburtsrad« verfügt, sollten Sie es ruhig ausprobieren. Aber bleiben Sie nicht darin, wenn Sie sich unwohl fühlen. Wichtiger für den Geburtsverlauf als Design-Gebärstühle, -betten und Geburtslandschaften ist die Einstellung des Personals!

Was kann der Partner tun?

Wichtigste Stütze

Sie als Partner werden vielleicht die wichtigste Person für Ihre Frau sein. Sie sind ständig an ihrer Seite und nur für sie da. Allein das gibt ihr Sicherheit. Sie können die Hebamme rufen, etwas zu trinken holen, das Fenster öffnen, wenn es Ihrer Frau zu warm ist, und es wieder schließen, wenn sie nach zwei Minuten friert. Sie sind eine liebevolle und geduldige Betreuung und jemand, der mit ebenso großer Spannung und Vorfreude auf das Kind wartet wie Ihre Frau. Sie können Ihrer Partnerin die Geburt auf vielfache Weise erleichtern und angenehmer machen, indem Sie sie stützen und immer wieder neue Positionen mit ihr ausprobieren. Oder Sie schaffen Hocker, Polster, Bettlaken und andere Hilfsmittel herbei – je nach Bedarf.
Sie können Ihre Frau auch massieren, mit Berührungen entspannen oder ihre Hand halten. Die Geburtsarbeit können Sie Ihrer Partnerin zwar nicht abnehmen, aber Sie sind ihr im wahrsten Sinne des Wortes eine Stütze. Wenn Sie gemeinsam einen Geburtsvorbereitungskurs besucht haben, dann wissen Sie sicher, wie wichtig es ist, mit Ihrer Partnerin mitzuatmen, besonders in den schwierigen Phasen. Unterstützen Sie vor allem das Ausatmen durch lautes Mittönen.

Machen Sie es Ihrer Partnerin so gemütlich wie möglich.

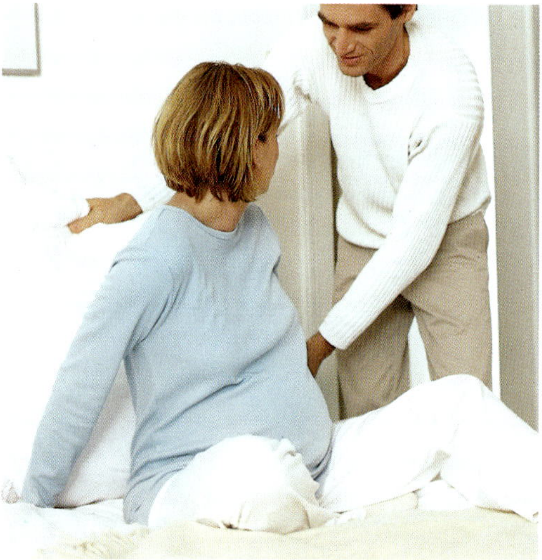

WICHTIG

Nicht so viel reden

Bei der Geburt spielt das gemeinsame Gespräch eine untergeordnete Rolle. Während der Wehen kann Ihre Partnerin ohnehin nicht reden, und in den Wehenpausen will sie vielleicht lieber in sich gekehrt sein. Reden Sie also nicht ständig auf Ihre Partnerin ein, aber unterhalten Sie sich auch nicht dauernd mit der Hebamme oder dem Arzt: Das stört Ihre Frau bei der Geburtsarbeit!

Kein Aktionismus

Machen Sie sich frei von dem Drang, unbedingt etwas tun zu müssen, sich mit der Medizintechnik zu befassen oder die Kontrolle und Übersicht zu behalten. Lassen Sie sich ein auf die gemeinsamen spannendsten Stunden Ihres Lebens und stellen Sie sich darauf ein, einfach nur für Ihre Partnerin da zu sein. Bleiben Sie ruhig und aufmerksam für ihre Bedürfnisse. Es kann beispielsweise sein, dass Sie auf dem Gebärbett hinter ihr sitzen und ihr Rückhalt geben, das tut nicht nur körperlich gut, sondern vermittelt auch ein Gefühl der Geborgenheit und der Sicherheit. Versuchen Sie offen zu sein für den unvorhersehbaren Ablauf der Geburt. Sagen Sie Ihrer Partnerin und sich selbst immer wieder, wie sehr Sie sich auf das gemeinsame Kind freuen. Und vergessen Sie auch nicht, Ihr Kind einzubeziehen und mit ihm zu reden.

Weniger ist mehr

Geborgenheit geben

Unvorhergesehene Komplikationen

Probleme zeichnen sich ab

Eine Geburt kann immer anders verlaufen als geplant. Das geschieht allerdings selten aus heiterem Himmel. Meist ist es eine Entwicklung, deren Ausgang sich abzeichnet. Dabei ist nicht immer absehbar, ob die Geburt noch normal, also spontan verlaufen wird, oder ob eine operative Entbindung durchgeführt werden muss. Deshalb werden Sie bei einer Hausgeburt oder im Geburtshaus im Falle auftretender oder absehbarer Schwierigkeiten relativ früh in eine Klinik verlegt. Das ist eine reine Vorsichtsmaßnahme, denn weder zu Hause noch im Geburtshaus besteht die Möglichkeit zu einer operativen Entbindung (siehe Seite 45 ff.). Auch wenn Sie die Geburt in der Klinik beenden, heißt das noch lange nicht, dass Ihr Kind zwangsläufig per Kaiserschnitt geholt werden muss. Viele Frauen können ihr Kind trotzdem spontan gebären. Der Ortswechsel, eine neue Hebamme oder die Möglichkeit zu einer PDA können bewirken, dass die Geburt wieder vorangeht.

Operative Entbindungen

Im Notfall lebensrettend

Die häufigste Maßnahme ist der Kaiserschnitt. Eine andere operative Entbindung ist die Geburt mit der Saugglocke oder der Zange. Die letzteren beiden sind allerdings nur möglich, wenn das Kind sich schon fast »am Ausgang« befindet, der Muttermund also vollständig geöffnet ist. Geht es dem Kind zu einem früheren Zeitpunkt schlecht, muss zwangsläufig ein Kaiserschnitt durchgeführt werden.

Saugglocke oder Zange

Es gibt im Wesentlichen zwei Gründe für eine Geburt mit Saugglocke (Vakuumextraktion) oder Zange:

- Das Kind ist fast geboren, der Muttermund vollständig eröffnet und die Fruchtblase geplatzt. Aber trotz Schieben, wiederholtem Lagewechsel und Wehentropf geht die Geburt nicht voran: Das Kind steckt im Geburtskanal und die Mutter ist am Ende ihrer Kräfte.
- Das Kind ist durch die lange Geburt erschöpft und seine Herztöne verschlechtern sich.

Saugglocke bevorzugt

Obwohl die Zange manchmal die schonendere Methode wäre, wird in deutschen Kliniken zumeist die Saugglocke eingesetzt. Letztere wird auch dazu benutzt, die Drehung des Köpfchens zu unterstützen. Beide Methoden werden fast immer mit lokaler Betäubung durchgeführt. Wenn schon eine PDA liegt, wird das Schmerzmittel durch den Schlauch nachgespritzt.

Nicht ohne Betäubung

Auch wenn die Geburt mit der Saugglocke beendet wird, ist Ihre Mitarbeit gefordert: Sie schieben das Kind heraus, Arzt oder Hebamme ziehen mit Hilfe der Saugglocke zusätzlich von unten. In manchen Kliniken werden die Väter während des Eingriffs vor die Türe geschickt.

Die meisten Saugglocken-Babys haben nach der Geburt eine Schwellung am Hinterkopf. Das kommt von dem Vakuum. Sie brauchen sich deshalb keine Gedanken zu machen. Die Geschwulst verschwindet von alleine wieder. Auch spontan geborene Kinder haben oft eine Kopfverformung, wenn die Geburt sehr lange dauert.

Keine bleibenden Schäden

Geburt per Kaiserschnitt

In Deutschland enden rund 20 Prozent aller Geburten mit einem Kaiserschnitt. Auch wenn Sie mit einer normalen Geburt rechnen, sollten Sie sich mit dem Gedanken an eine operative Entbindung vertraut machen.

Das erwartet Sie

Zunächst bekommen Sie eine Kanüle in die Armvene, dann wird der Blasenkatheter eingeführt. Anschließend muss ein Teil der Schamhaare abrasiert und die Bauchdecke desinfiziert werden. Geschnitten wird meist an der Schamhaargrenze, so dass die Narbe vollständig unter den Haaren verschwindet. Sobald die Narkose wirkt, beginnt der Eingriff. Zehn Minuten später ist Ihr Kind geboren.

Auch bei einem Kaiserschnitt können Sie Ihr Baby gleich sehen.

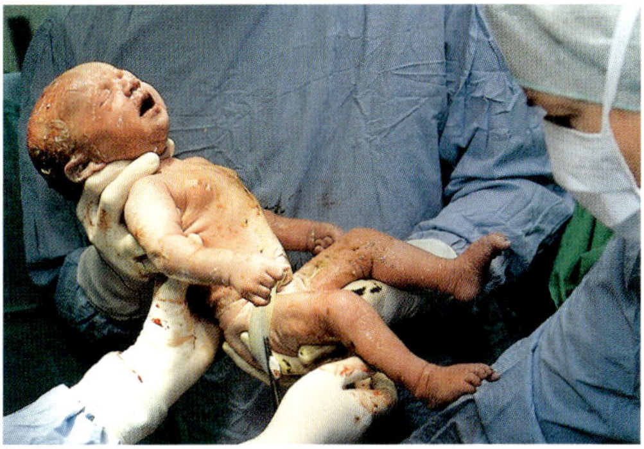

Betäubung

Grundsätzlich gibt es drei unterschiedliche Betäubungsmöglichkeiten: PDA, Spinalanästhesie und Vollnarkose. Welche davon angewendet wird, hängt zum einen von der Situation ab, zum anderen von den Praktiken und Erfahrungen der jeweiligen Klinik. Wenn es ganz schnell gehen muss, kann nur eine Vollnarkose oder eine Spinalanästhesie gemacht werden, es sei denn, die PDA ist bereits gelegt – dann kann nachgespritzt werden. In Notsituationen ist fast immer eine Vollnarkose nötig.

Voll- oder Teilnarkose

Spinalanästhesie

Eine Spinalanästhesie wirkt innerhalb weniger Minuten. Die Nadel wird nicht – wie bei der PDA – in den Periduralraum gelegt, sondern in den etwas tiefer gelegenen Spinalkanal.

Periduralanästhesie

Eine PDA (siehe Seite 99 f.) hat zahlreiche Vorteile:

- Sie sind wach und können die Geburt Ihres Kindes bei vollem Bewusstsein miterleben. Sie können es sehen und anfassen, während Sie operiert und genäht werden. Das Kind kann dabei auf Ihrem Oberkörper liegen und auch schon an der Brust saugen, wenn es dazu bereit ist – das ist eine wunderschöne Ablenkung. Frauen, die eine Vollnarkose hatten, beklagen immer wieder, dass ihnen der entscheidende Moment der Geburt fehlt und dass ihnen ihr Kind zunächst fremd vorkommt. Das ist auch kein Wunder, denn sie haben ja nicht erlebt, wie es aus ihrem Bauch gekommen ist.

Schnell wieder fit

- Im Gegensatz zur Vollnarkose haben Sie bei einer PDA keine Nachwirkungen und Sie sind schneller wieder auf den Beinen. Das ist auch wichtig, denn frühes Aufstehen beugt Thrombosen und Darmträgheit vor. Außerdem können Sie sich früher um Ihr Kind kümmern.
- Die Leitung, also der Schlauch im Rücken, bleibt noch eine Weile liegen, so dass jederzeit nachgespritzt werden kann, falls Sie Schmerzen haben.

Stillen nach der Geburt

- Zwar können Sie prinzipiell nach einer Vollnarkose gleich stillen, doch je nach Art der Narkose wird empfohlen, 12 oder besser 24 Stunden damit zu warten und die erste Milch (das Kolostrum) wegzuschütten, da der enthaltene Wirkstoff in die Muttermilch übergeht. Bei einer PDA gelangt dagegen kein Medikament über die Muttermilch in den kindlichen Organismus, Sie können Ihr Kind also unmittelbar nach der Geburt anlegen. Das erleichtert den Stillbeginn, denn in der ersten Stunde nach der Geburt ist der Sauginstinkt am stärksten.

Partner im Operationssaal

- Ein weiterer Vorteil der PDA ist, dass Ihr Partner mit im Operationssaal sein kann und an Ihrem Kopfende sitzt. So erleben Sie die Geburt und die erste Zeit danach gemeinsam. Von der Operation selbst bekommen Sie wenig mit, eine Abdeckung zwischen Ihrem Gesicht und Ihrem Bauch versperrt Ihnen die Sicht.
- Nach einer PDA können Sie gleich wieder essen und trinken, wenn Ihnen danach ist.

Gründe für einen Kaiserschnitt während der Geburt

- gleichbleibend schlechte Herztöne des Kindes
- Blutungen durch vorzeitige Ablösung der Plazenta
- schwierige vorangegangene Geburten und ein Missverhältnis zwischen Kopf und Becken
- verzögerte (protahierte) Geburten
- dem Kind geht es nicht gut
- drohende Infektion
- Verkrampfung des Muttermundes
- lange zurückliegender Blasensprung
- drohende Eklampsie (Schwangerschaftskrampf) durch plötzlichen Bluthochdruck

Oft sind es mehrere Gründe, die letztendlich zu einem Kaiserschnitt führen.

Geplanter Kaiserschnitt

Die Hälfte aller Kaiserschnitte sind geplant. Frauen, die vorher wissen, dass sie einen Kaiserschnitt bekommen, können sich entsprechend vorbereiten und die Situation mit beeinflussen. Detaillierte Informationen zum geplanten Kaiserschnitt finden Sie im Kapitel »Rund um die Geburt« (Seite 34 ff.).

Wochenbett nach einer Kaiserschnitt-Geburt

Erstmal gründlich erholen!

Sie können sich vorstellen, dass Sie nach einer Operation nicht sofort wieder fit sind. Sie haben einen Bauchschnitt, der Sie daran hindert, aufzustehen und herumzulaufen. Sie leiden möglicherweise noch an den Nachwirkungen der Narkose und sind an Schläuche angeschlossen. Das ist für die ersten Tage mit Ihrem Baby belastend, denn Sie können es nicht allein aus seinem Bettchen heben, nicht herumtragen und nicht ohne Hilfe versorgen.

Versuchen Sie als werdender Vater, Ihren Urlaub flexibel zu planen! Andernfalls ist er vorüber, bevor Ihr Kind auf der Welt ist, und Sie können sich nicht oder zumindest kaum um Ihre Familie kümmern.

Selbstverständlich werden Sie vom Klinikpersonal dabei nach Kräften unterstützt. Schöner ist es allerdings, wenn Ihr Partner oder eine andere vertraute Person an Ihrer Seite ist und sich um Sie und das Baby kümmert. Daher sollte zumindest tagsüber immer jemand bei Ihnen beiden sein. Ideal wäre es, wenn Ihr Partner mit im gleichen Zimmer schlafen könnte. Immer mehr Kliniken bieten gegen eine Zuzahlung ein »Family-In« an (siehe Seite 44). Durch dieses Angebot erhalten Väter die Chance, auch in der Klinik bei ihrer Familie zu bleiben. Viele engagierte Väter empfinden es als sehr belastend, nach der Geburt heimgeschickt zu werden und nichts für Mutter und Kind tun zu können.

Nach einem Kaiserschnitt legen Sie Ihr Baby mit den Füßen nach oben an – weg von der Narbe.

Lassen Sie sich helfen!

In Seitenlage stillen

Auch für das Anlegen Ihres Kindes benötigen Sie die Hilfe des Klinikpersonals. Lassen Sie sich zeigen, welche Stillpositionen nach einem Kaiserschnitt günstig sind und wie Sie am besten die Seiten wechseln, ohne Ihre Operationsnarbe zu belasten. Am günstigsten ist die Seitenlage – sie vermeidet Schmerz und Druck auf der frischen Wunde.
Nehmen Sie Hilfe an und muten Sie sich in der ersten Zeit nicht zu viel zu. Die meisten Frauen sind nach der Geburt sehr euphorisch und neigen dazu, sich zu überfordern. Nach ein paar Tagen erhalten sie dann die Quittung. Diesen »Rückfall« vermeiden Sie, indem Sie sich erst einmal gründlich erholen.

Der Schein trügt

Durch schonende Operationsmethoden, leichte Narkosen und frühe Entlassungszeiten erleben manche Frauen den Eingriff zunächst nicht als besonders belastend. Doch bedenken Sie: Sie haben eine Operation mit einem Bauchschnitt hinter sich, die Ihr Körper erst einmal verkraften muss. Wenn Sie sich gleich zu viel zumuten, werden die nächsten Tage und Wochen mit Ihrem Kind weitaus anstrengender.

Ihr Körper braucht Zeit

TIPP!

Verwöhnen lassen

Lassen Sie sich's als junge Mutter gut gehen, das steht Ihnen zu, unabhängig davon, wie Ihr Kind geboren wurde. Die ersten Tage nach der Geburt sollten nur dem gemeinsamen Kennenlernen von Mutter, Vater und Kind vorbehalten sein. Alltägliche Dinge können andere erledigen. Sie haben ein Wunder erlebt und erleben es noch – genießen Sie die gemeinsame Zeit mit Ihrem Baby. Das wird Sie für die schmerzende Operationsnarbe und andere Unannehmlichkeiten entschädigen.

Tränen sind normal

Auch wenn Sie von Ihrem Partner und vom Klinikpersonal umsorgt werden, kommt es wahrscheinlich nach einigen Tagen zum »Baby-Blues«, den Heultagen. Nach einem Kaiserschnitt sind Sie vielleicht besonders traurig. Obwohl Sie sicher froh sind, dass alles gut gegangen ist, müssen Sie sich doch von Ihrer Vorstellung von einer normalen Geburt verabschieden. Lassen Sie Ihre Trauer zu – und den Tränen freien Lauf. Das wird Ihnen helfen. Einmal Kaiserschnitt heißt nicht immer Kaiserschnitt: Viele Frauen, die ihr erstes Kind per Kaiserschnitt bekommen haben, erleben beim zweiten Mal eine ganz normale Geburt.

Hoffnung nicht aufgeben

Willkommen Baby!

Unbeschreibliche Momente

Die ersten Stunden nach der Geburt werden für Sie unvergesslich sein. Das Glücksgefühl, das Sie empfinden, lässt sich mit Worten kaum ausdrücken. Das hat natürlich mit Ihrer unbeschreiblichen Erleichterung und Freude über die Ankunft Ihres Kindes zu tun. Die Natur hat es aber auch so eingerichtet, dass Sie und Ihr Kind aufgrund der hohen Hormonkonzentration während der Geburt in einer ganz besonderen Verfassung sind. Sie sind offen und bereit füreinander. Bereit, sich auf eine neue und sehr intensive Beziehung einzulassen. Offen für kleinste Signale und Äußerungen des anderen.

Eine Liebe entsteht

Unnötige Störungen vermeiden

Ihre Wahrnehmung richtet sich jetzt ausschließlich auf dieses, Ihr neugeborenes Kind. Darum dürfen Sie drei auch nicht unnötig gestört werden: Die erste Stunde nach der Geburt ist unendlich kostbar. Falls Sie oder Ihr Kind nicht dringend versorgt werden müssen, können alle Maßnahmen und Untersuchungen auf später verschoben werden. Wenn es Ihrem Kind gut geht, sollten Sie diese Zeit in Ruhe genießen können. Es ist ganz normal, ein Kind zu empfangen und zu gebären – aber es ist doch jedes Mal ein Wunder. Das Wachsen der Liebe zu einem neuen Menschen in der ersten Zeit nach der Geburt ist die Grundlage für die lebenslange Bindung zwischen Eltern und Kind. Damit ist nicht gesagt, dass dies nur in den ersten Minuten stattfindet. Es ist ein Prozess, der auch später einsetzen kann – beispielsweise wenn Sie einen Kaiserschnitt mit Vollnarkose hatten.

Die Liebe zu Ihrem Kind hält ein Leben lang.

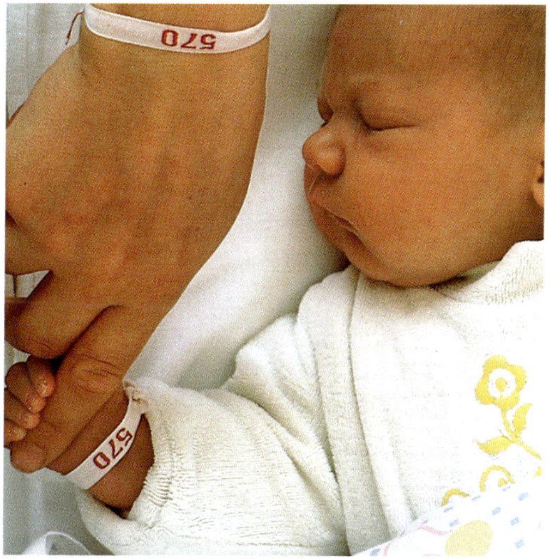

Liebe braucht Zeit

Es kann sein, dass Sie erst einmal keine Mutterliebe zu Ihrem Kind empfinden. Lassen Sie sich Zeit! Sie werden verwundert sein, welch überwältigende Gefühle sich innerhalb kürzester Zeit in Ihnen aufbauen. Ihr Kind und Sie brauchen eine klitzekleine Verschnaufpause, um sich auf die neue Situation einzustellen und sie im wahrsten Sinne des Wortes zu »begreifen«. Sie werden Ihr Kind erst vorsichtig betasten und behutsam streicheln, bevor Sie es zu sich nehmen. Manche Frauen zittern nach der Geburt, besonders nach einem Kaiserschnitt, und trauen sich daher nicht, ihr Kind auf den Arm zu nehmen. Die Hebamme und Ihr Mann werden Ihnen dabei helfen, denn Hautkontakt ist jetzt ganz wichtig für Sie beide. Ihr Kind will keine rauen Laken spüren, es braucht die Wärme Ihrer Haut. Das kann auch der unbekleidete Körper des Vaters sein, falls Sie beispielsweise eine Narkose haben oder behandelt werden müssen. Ziehen Sie aber bitte Ihr Hemd oder T-Shirt aus, damit Ihr Kind sich an Ihre Haut (auch mit Haaren) kuscheln kann. So haben die Väter die Chance, diese bedeutenden Minuten mit ihrem Kind ganz intensiv zu erleben – auch das stärkt die Bindung der beiden für das ganze spätere Leben.

Hautkontakt ist wichtig

Ein Baby fühlt sich auch auf der entblößten Brust des Vaters wohl.

Fürsorge rund um die Uhr

Elternsein kennt keine Pausen

Wenn Sie Ihr Kind so zart und hilflos vor sich sehen, werden Sie sicher Verständnis für seine allumfassenden Bedürfnisse haben und Sie werden bereit sein, rund um die Uhr für sein Wohlbefinden zu sorgen. Als Mutter wissen Sie intuitiv, was Ihr Kind gerade braucht: Ihre Brust, Ihre Haut, Ihre Nähe oder Ihre Stimme. Sie werden verstehen, dass dies grundlegende Bedürfnisse sind, die für die Entwicklung Ihres Kindes entscheidend sind. Vermutlich werden Sie überhaupt nicht nachvollziehen können, wie jemand auf die Idee kommen kann, einen Säugling dürfe man nicht verwöhnen – vielleicht haben Sie das bisher auch gedacht? Wenn verwöhnen bedeutet, dass Sie alle lebensnotwendigen Bedürfnisse Ihres Kindes erfüllen, dann müssen Sie es sogar verwöhnen. Es handelt sich dabei aber wirklich nur um die Erfüllung seiner Grundbedürfnisse.

Grundbedürfnisse erfüllen

Die ersten Untersuchungen

Zurück zur Krankenhausroutine, beziehungsweise zu den ersten Maßnahmen nach der Geburt. Während der ersten Stunde wird die Plazenta geboren und die Nabelschnur durchtrennt. Abgesehen davon bleiben Sie hoffentlich weitestgehend ungestört.

Die erste Beurteilung Ihres Kindes hat – von Ihnen unbemerkt – unmittelbar nach der Geburt stattgefunden: der Apgar-Test. Dazu sollten Hebammen und Ärzte den wichtigen Mutter-Kind-Kontakt möglichst nicht stören. Die erste Untersuchung, das Anschauen des Kindes, kann erfolgen, wenn das Kind auf Ihrem Bauch oder an Ihrer Brust liegt. Das Gleiche gilt für die Blutentnahme aus der Nabelschnur. In der Klinik entnehmen Hebamme oder Arzt etwas Blut aus der Nabelschnur, um den pH-Wert und den Sauerstoffgehalt des kindlichen Blutes zu überprüfen. Keine Angst, das Baby spürt davon nichts.

Erste Beurteilung

Apgar-Index

Der Apgar-Index, benannt nach der amerikanischen Ärztin Virginia Apgar, beschreibt den Zustand des Kindes eine, fünf und zehn Minuten nach der Geburt. Dabei werden jeweils Punkte von null bis zwei vergeben (0 = schlecht, 1 = auffällig, 2 = gut).
Beurteilt werden:

- Atmung
- Hautfarbe
- Herztätigkeit
- Muskeltonus (Spannung)
- Reflexe (kräftiges Schreien)

Nicht alle Babys sind gleich in Höchstform

In den ersten Minuten erreichen nicht alle Babys die volle Anzahl von zehn Punkten. Einige sind zunächst noch bläulich und blass und werden erst nach ein paar Minuten der Anpassung an die Außenwelt rosa. Oft schreit ein Baby auch nicht kräftig (warum auch?) und verfehlt damit die Bestnote. Nach fünf bis zehn Minuten sind aber die meisten Neugeborenen fit und erhalten einen Apgar von zehn. Doch auch bei einem niedrigeren Wert erholen sich viele Kinder recht bald, sie müssen allerdings gründlicher

Nicht alle Babys schreien

überwacht werden. Das ist wichtig, damit die Hebamme oder der Arzt beurteilen kann, ob das Baby ärztliche Hilfe benötigt oder ob es allein zurecht kommt.

Absaugen nicht routinemäßig

Manchmal müssen der Mund und die oberen Luftwege eines Neugeborenen abgesaugt werden – vor allem dann, wenn das Fruchtwasser grün war. Atmet Ihr Kind anschließend gleichmäßig, wird rosa, bewegt sich spontan und schneidet Grimassen, dann ist alles in Ordnung.

Entwarnung!

Abnabelung

Mit dem Abnabeln hat es keine Eile. Die Nabelschnur wird in der Regel erst durchtrennt, wenn sie aufgehört hat zu pulsieren. Das Durchschneiden kann Ihr Mann übernehmen, nachdem die Hebamme die Nabelschnur an zwei Stellen abgeklemmt hat. Die Nabelschnur ist ziemlich dick, und es knirscht etwas beim Durchschneiden. Keine Angst, das tut Ihrem Baby nicht weh. Wenn Ihr Kind abgenabelt ist und sein gesundheitlicher Zustand positiv bewertet wurde, haben Sie erst einmal Ruhe zum gegenseitigen Kennenlernen, Kuscheln und intensivem Hautkontakt.

Eine Aufgabe für den Vater

U 1 – Neugeborenen-Erstuntersuchung

Irgendwann wird Ihr Kind gründlich untersucht, gemessen und gewogen. Die erste größere Vorsorgeuntersuchung, U 1 genannt, ist fällig. Die gemessenen Werte, auch der Apgar-Wert, werden in dem gelben Untersuchungsheft festgehalten, das Sie für Ihr Kind bekommen. In das Heft tragen Arzt oder Hebamme auch eventuelle Besonderheiten der Geburt ein sowie sämtliche Auffälligkeiten wie fehlende Reflexe. Bei der U 1 wird Ihr Baby noch einmal von Kopf bis Fuß durchgecheckt: Neben Fontanellen, Gehörgängen und Gaumen, werden auch Schlüsselbeine, Rücken, Haut, Zehen und Nägel sowie die Geschlechtsteile geprüft. Außerdem werden Herz und Lunge abgehört, der Bauch (Leber, Milz) abgetastet und die Reflexe überprüft.

Bei der U 1 wird Ihr Kind genau unter die Lupe genommen.

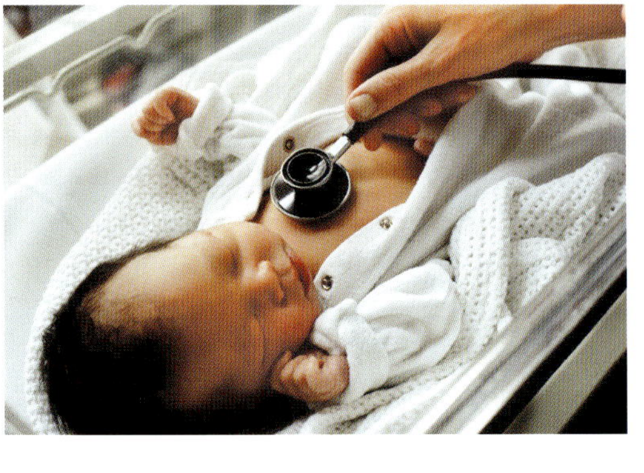

Neugeborenen-Prophylaxe

Nach der Geburt werden folgende medizinische Maßnahmen zur Vorbeugung empfohlen:

Umstrittene Maßnahme

- **Augenprophylaxe**

Sie soll verhindern, dass sich das Neugeborene während der Geburt mit Gonokokken oder Chlamydien infiziert (falls die Mutter infiziert ist). Dazu wird meist ein Antibiotikum ins Auge des Kindes getropft, manchmal noch Silbernitrat (brennt in den Augen und kann unangenehme Reizreaktionen beim Neugeborenen hervorrufen).

- **Vitamin-K**

Vitamin-K-Tropfen fördern die Blutgerinnung, die bei Säuglingen noch nicht ausgeprägt ist. Damit soll eine (allerdings selten vorkommende) Hirn-, Darm- oder Lungenblutung vermieden werden. Da der Vitamin-K-Spiegel im Blut eines Neugeborenen und bei gestillten Kindern sehr niedrig ist, wird eine dreimalige Gabe der Tropfen empfohlen: Unmittelbar nach der Geburt, im Rahmen der U 2 und noch einmal sechs Wochen nach der Geburt (U 3). Sobald Ihr Kind Zusatznahrung erhält, besiedeln Vitamin-K-bildende Bakterien den Darm und die Tropfen sind nicht mehr nötig. Muttermilch bildet diese noch nicht ausreichend.

Von Ärzten und Hebammen befürwortet

WICHTIG

Lassen Sie sich beraten

Wie bei allen medizinischen Maßnahmen gibt es Argumente dafür und dagegen. Sie werden als Eltern immer gefragt, ob Sie diese Routinemaßnahmen vornehmen lassen wollen oder nicht. Am besten erkundigen Sie sich bereits rechtzeitig vor der Geburt bei Ihrer Hebamme, Ihrem Geburtshelfer oder Ihrem Kinderarzt nach den jeweiligen Vor- und Nachteilen. Besprechen Sie mit Ihrem Partner, welche Maßnahmen Ihnen wichtig sind und auf welche Sie unter Umständen verzichten wollen.

Erstes Anlegen

Irgendwann werden Sie bemerken, dass Ihr Kind unruhiger wird, dass es mit dem Köpfchen zu suchen beginnt, sich das Fäustchen in den Mund steckt und schmatzt. Es hat Hunger und möchte saugen. Das ist der ideale Zeitpunkt, es erstmals zum Trinken der Vormilch an die Brust zu legen. Wenn Ihr Kind die Brust aus eigenem Antrieb sucht und den Mund weit öffnet, ist es nicht schwierig, ihm die Brust zu geben. Werden Sie nicht nervös, wenn es nicht auf Anhieb klappt, die Hebamme wird Sie bei Ihren ersten Versuchen unterstützen. Wenn Sie die ersten Anfangsschwierigkeiten überwunden haben, werden Sie feststellen, wie bequem das Stillen ist.

Saugreflex abwarten

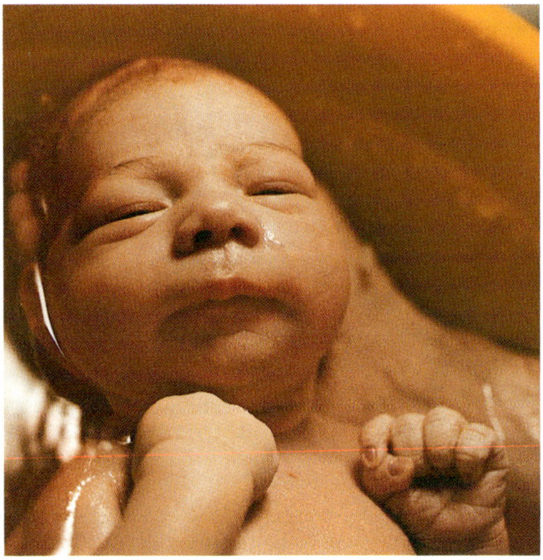

Mit dem richtigen Griff liegt Ihr Baby sicher in der Wanne.

Baden

Früher war es üblich, alle Kinder nach der Geburt zu baden, das machen heute nur noch wenige Hebammen. Das Neugeborene kühlt dabei unnötig aus. Wenn Sie möchten, dass Ihr Baby gebadet wird, um ihm wieder die angenehmen Empfindungen des warmen Wassers (wie im Bauch) und damit Geborgenheit zu vermitteln, sollten Sie das vorher mit der Hebamme besprechen. Das Baden übernimmt dann der Vater. Auf diese Weise kann er den innigen Kontakt mit seinem Kind genießen. Die Hebamme zeigt Ihnen, wie Sie Ihr Baby halten, damit es nicht mit dem Kopf unter Wasser gerät und Ihnen nicht entgleiten kann.

Wenn alles anders kommt

100-prozentige Sicherheit gibt es nicht

Keine Schwangerschaft und keine Geburt ist frei von Ungewissheiten und Ängsten. Trotz aller vorgeburtlicher Untersuchungen (Pränataldiagnostik) können Sie als Eltern nie sicher sein, dass Ihr Kind gesund auf die Welt kommt. Selbst mit neuesten Techniken, wie der noch umstrittenen, in Deutschland nicht zugelassenen, Präimplantationsdiagnostik (PID), haben Sie keine Gewähr dafür. Auch heute bleiben viele Fehlbildungen unerkannt.

Präimplantationsdiagnostik (PID)

Künstliche Befruchtung

Hinter dem Kürzel PID verbirgt sich eine relativ neue Technik der vorgeburtlichen Diagnostik, die im Rahmen der In-vitro-Fertilisation (künstliche Befruchtung) angewendet wird. Dabei werden die befruchteten Zellen auf genetische Abweichungen untersucht und bei Veränderungen eventuell nicht in den Mutterleib verpflanzt. Letzte Gewissheit und eine Gewähr für ein gesundes Kind bringt auch die Präimplantationsdiagnostik nicht.

Auf Nummer Sicher gehen?

Manche Eltern wollen späteren Erkrankungen vorbeugen und lassen für viel Geld Stammzellen aus dem Nabelschnurblut einfrieren. Mit der Stammzelltherapie sollen schwere Erkrankungen wie Leukämie behandelt werden können. Noch ist nicht erwiesen, ob die Forschung ihr Versprechen je erfüllen kann. Auf jeden Fall werden Sie Ihr Kind nicht vor allen Krankheiten schützen können. Sie sollten sich trotz aller verständlichen Sorge um Ihr Kind die Frage stellen, ob Sie mit dem teuren Einfrieren der Stammzellen nicht einem Geschäft aufsitzen.

Nicht immer ein freudiges Ereignis

Sie können nicht alles planen und voraussehen. Daher geschieht es immer wieder, dass Eltern vor eine neue, völlig unerwartete Situation gestellt werden. Es kann sein, dass Ihr Kind erst einmal zur Behandlung in eine Kinderklinik muss. Es ist auch möglich, dass es mit einer genetischen Veränderung oder einer Stoffwechselerkrankung zur Welt kommt. In seltenen Fällen stirbt ein Kind bei der Geburt oder danach. All dies stellt Eltern vor eine extreme Belastungsprobe, die schwer zu bewältigen ist.

Trauer zulassen

Nicht nur beim Tod müssen wir uns verabschieden und trauern. Auch wenn das Kind nicht gesund ist, hilft es, die Trauer über den verlorenen Traum vom gesunden, fröhlichen Kind zuzulassen. Eine wirkliche Hilfe und Unterstützung neben der eigenen Familie sind andere Betroffene: Eltern, die das gleiche Leid erlebt haben und ihre Erfahrungen mit Ihnen teilen können. Im Anhang finden Sie Adressen verschiedener Selbsthilfegruppen, die Ihnen weiterhelfen.

Kontakt zu anderen Betroffenen suchen

Das Wochenbett beginnt

Wenn Sie und Ihr Kind gesund und munter sind und sich ausgiebig »beschnuppert« haben, können Sie nach ungefähr zwei Stunden den Kreißsaal verlassen. Sie kommen dann entweder auf die Wochenstation oder fahren nach einer ambulanten Geburt im Geburtshaus oder in der Klinik nach Hause. In diesem Fall bleiben Sie meist noch ein bisschen länger zur Beobachtung. Haben Sie Ihr Kind zu Hause geboren, müssen Sie höchstens ins Bett wechseln.

Ein neuer Lebensabschnitt

Die Euphorie nach der Geburt

Ihre Hochstimmung und die Verliebtheit in Ihr Kind endet nicht nach zwei Stunden. Höchstwahrscheinlich sind Sie nicht einmal müde – selbst dann nicht, wenn die Geburt sehr lang war. Die Überflutung mit Hormonen, die aufwühlenden Ereignisse der letzten Stunden – da kann kaum jemand abschalten und schlafen. Behalten Sie Ihr Kind bei sich! Nehmen Sie es in den Arm oder legen es sich auf den Bauch und genießen Sie das neue Leben, das Sie geboren haben. Wenn die Krankenschwester den Neuankömmling erst sehen und kennen lernen will, so kann sie das bei Ihnen im Zimmer tun und muss Ihr Kind dazu nicht ins Säuglingszimmer »entführen«.

Setzen Sie sich durch!

Der Vater gehört dazu

Bleiben Sie zusammen – möglichst alle drei. Für Väter ist es ebenso schrecklich, wenn sie so kurz nach der Geburt nach Hause geschickt werden. Tagsüber ist es meist kein Problem, mit Frau und Kind in der Klinik zu bleiben. Nachts aber werden Väter oft hinauskomplimentiert. Versuchen Sie zu erreichen, dass Sie noch länger im Kreißsaal bleiben dürfen. Das ist möglich, falls keine weitere Geburt ansteht. Einige Kliniken bieten mittlerweile auch »Family-In« an. In diesem Fall kann der Vater die erste Wochenbettzeit mit seiner Familie verbringen (siehe Seite 44).

Family-In

Nicht zu viel zumuten

Auch wenn Sie in der ersten, vielleicht auch noch in der zweiten Nacht nicht richtig müde sind, brauchen Sie Erholung nach der anstrengenden Geburt. Zu viel Besuch kann – das merkt man leider oft zu spät – in dieser Zeit sehr belastend sein. Oft erleben Frauen, die sich in den ersten Tagen zu wenig Ruhe gönnen, einen erschwerten Stillbeginn, da beide, Mutter und Kind, keinen rechten Rhythmus finden.

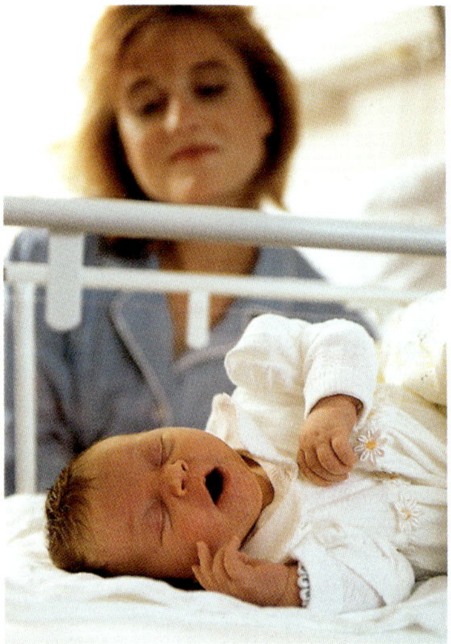

In den ersten Tagen brauchen Sie viel Ruhe und Zeit, sich gegenseitig zu »beschnuppern«.

Wochenbett ist Urlaub

Die ersten Stunden zu dritt genießen

Genießen Sie Ihre Wochenbettzeit, dann klappt der Start als Familie viel besser. Damit auch Ihr Partner etwas davon hat, haben Sie sich hoffentlich bereits in der Schwangerschaft jemanden gesucht, der Sie jetzt umsorgt und verwöhnt. Väter, die ihre Elternzeit jetzt in Anspruch nehmen, werden eine unvergessliche Zeit erleben, die ihre Beziehung zum Kind langfristig positiv beeinflussen wird.

Tipps für den Alltag mit Baby

Uns, den Autoren, liegt es sehr am Herzen, dass Sie die spannende und schöne Zeit mit Ihrem Baby genießen. Die Empfehlung, stets gelassen und ruhig zu bleiben, wird Ihnen in Stress-Situationen selten helfen. Daher möchten wir Ihnen die wichtigsten wissenschaftlichen Erkenntnisse zu den Bedürfnissen und der Entwicklung von Kindern in einfachen Worten zusammenfassen. Ein Wissen übrigens, das Eltern überall auf der Welt in sich tragen.

Dem Gefühl vertrauen

Instinktiv würden wir das meiste richtig machen, wenn wir nicht ständig unser Gehirn einschalteten und richtig gegen falsch abwägten, aus Angst, etwas falsch zu machen.

WICHTIG

Geburt feiern

Es ist kein alltägliches Ereignis, ein Kind zu bekommen, sondern etwas ganz Besonderes – ein Fest. Machen Sie sich frei von Ihrem Alltag und lassen Sie sich nicht stören durch unwichtige Telefonate und Pflichtbesuche. Freunde und Verwandte müssen sich eben ein paar Tage oder Wochen gedulden, bis sie den Nachwuchs bestaunen können. Lassen Sie sich nicht unter Druck setzen und entscheiden Sie nach Ihrem Gefühl. Manche Eltern lieben es auch, nach der Geburt viele Menschen um sich zu haben.

Die Bedürfnisse eines Säuglings

Hilflos und bedürftig

Neun Monate lebte Ihr Baby in Ihrem Körper, es war ein Teil von Ihnen. Es spürte Ihre Nähe, Ihre Haut, hörte Ihre Stimme und teilte Ihren Lebensrhythmus.
Rund um die Uhr wurde es berührt, geschaukelt und versorgt. All das ist ihm vertraut.
Mit dem Zeitpunkt der Geburt verliert es fast alles, was ihm bis dahin Sicherheit und Geborgenheit vermittelt hat. Es ist darauf angewiesen, dass Sie, seine Mutter, die Funktion und Rolle der Gebärmutter übernehmen und seine Bedürfnisse erfüllen.
Ein Säugling kann nicht auf sein Essen warten, wenn er Hunger hat – dazu ist er noch nicht in der

Bedürfnisse dulden keinen Aufschub

Lage. In den ersten Monaten des Lebens werden Riesenmengen von Nervenzellen im Gehirn verschaltet, doch es braucht trotzdem seine Zeit, bis ein Kind gelernt hat, bestimmte Zusammenhänge zu erfassen und entsprechend darauf zu reagieren. Ein Neugeborenes ist kein Erwachsener, es kann seine Bedürfnisse noch nicht zurückstellen.

Vertrauen lernen

Wenn Ihr Baby in den ersten Wochen und Monaten seines Lebens erfährt, dass Sie seine Signale wahrnehmen und sein »Leiden« beenden, wird es später bereit sein, auch einige Zeit zu warten. Es weiß ja, dass es gut versorgt wird und sich auf seine Eltern verlassen kann. Das ist die Voraussetzung dafür, dass es sich Schritt für Schritt von Ihnen trennen und selbstständig werden kann. So weit reichen die Auswirkungen der ersten Stunden und Wochen.

Weit reichende Folgen

Die perfekten Eltern gibt es nicht

Sicher haben Sie sich in der Schwangerschaft Gedanken gemacht, wie Sie sich die Zeit mit Kind vorstellen. Wahrscheinlich haben Sie auch bestimmte Erwartungen an sich: Sie möchten Ihrem Kind eine gute Mutter, ein guter Vater sein. Und vermutlich wollen Sie vieles anders machen als Ihre Eltern. Doch mit der Zeit werden Sie Ihre Vorstellungen aus der kinderlosen Zeit an die Realität anpassen. Vor allem müssen Sie sich von dem Gedanken trennen, eine perfekte Mutter und ein perfekter Vater zu sein. Auch Ihr Kind ist nicht vollkommen! Wenn Sie dem Anspruch hinterherlaufen, immer alles richtig und zum Wohle des Kindes machen zu wollen, werden Sie unweigerlich scheitern. Ihr Kind wird keinen Schaden nehmen, wenn Sie hin und wieder Fehler machen. Es hängt nicht die ganze Zukunft Ihres Kindes davon ab, wer die Nabelschnur durchschnitten hat, ob es mit Muttermilch oder künstlicher Säuglingsnahrung aufwächst – und auch nicht davon, ob es mit einem, zwei oder drei Jahren in eine Kindergruppe kommt. Natürlich beeinflussen diese Umstände sein Leben, aber nicht unbedingt negativ. Allerdings sollten Sie hinter Ihren Entscheidungen stehen, sonst verunsichern Sie Ihr Kind. Das Wichtigste für ein Kind ist jedoch die bedingungslose Liebe seiner Eltern und die Gewissheit, dass die Eltern immer für es da sind. Auch wenn es ihm schlecht geht – auch das müssen Eltern akzeptieren.

Eltern dürfen Fehler machen

So genießen Sie das Elternsein

Auch an sich denken

Erfahrungsaustausch ist wichtig

- Suchen Sie sich Hilfe und Unterstützung. Wenn Sie keine Eltern oder Verwandte in der Umgebung haben, die hin und wieder einspringen, das Kind spazieren fahren oder mit ihm spielen, dann suchen Sie sich eine Ersatz-Oma oder einen Ersatz-Opa. Sorgen Sie dafür, dass Sie ausreichend Zeit für sich haben – ehe Sie die Nerven verlieren. In vielen Städten gibt es Kontaktstellen und einen Vermittlungsservice, die Sie kontaktieren können.
- Schließen Sie sich einer Gruppe Gleichgesinnter an. Für die Zeit nach der Geburt gibt es vielerorts Familienbegleitungs- oder Eltern-Kind-Kurse. Familienbegleitungskurse sind auf die Bedürfnisse von frisch gebackenen Eltern ausgerichtet. Die Frauen machen dort Rückbildungsgymnastik, und zusätzlich gibt es Gesprächs- und Informationsangebote, an denen auch die Väter teilnehmen können. Je nach Kurs wird auch Babymassage angeboten. Das Wichtigste aber ist der Austausch mit anderen. Zu sehen, dass andere Eltern gleiche oder ähnliche Startschwierigkeiten haben, und zu hören, wie sie ihre Probleme angehen, das hilft mehr als alle wohlmeinenden Ratschläge. Außerdem können sich aus solchen Gruppen langjährige Freundschaften entwickeln. Öffnen Sie Ihre Wohnung oder Ihr Haus. Keiner erwartet von einer Familie mit Kindern ein sauber aufgeräumtes Haus. Im Gegenteil, es ist ein gutes Zeichen, wenn bei Ihnen ein gewisses Chaos herrscht: Ihr Kind und die Zeit mit ihm ist Ihnen wichtiger als ein perfekter Haushalt. Abgesehen davon, ist eine zu sterile Wohnung ohnehin nicht besonders gesund für Ihr Kind.
- Nehmen Sie alles möglichst locker und genießen Sie diese erste Zeit. Sie werden – auch wenn es abgedroschen klingt – wie alle anderen Eltern auch spätestens nach einem Jahr sagen: Dieses erste Jahr ist viel zu schnell vorbeigegangen. Es gibt nichts Spannenderes als die rasante Entwicklung eines Menschen im ersten Lebensjahr.

Zum Nachschlagen

Bücher, die weiterhelfen

Albrecht-Engel, I.; Albrecht, Dr. M.: Schwangerschaft und Geburt; Gräfe und Unzer Verlag

Albrecht-Engel, I.: Geburtsvorbereitung; Rowohlt TB

Bloemeke, V. J.: Alles rund ums Wochenbett; Kösel Verlag

Bullinger, H.: Wenn Männer Väter werden; Rowohlt TB

Geisel, E.: Tränen nach der Geburt; Kösel Verlag

Guóth-Gumberger, M.; Hormann, E.: Stillen. Gräfe und Unzer Verlag

Pighin, G.; Simon, Dr. B.: Babys erstes Jahr; Gräfe und Unzer Verlag

Vogel, T.: Die ganzheitliche Rückbildungsgymnastik; Walter Verlag

Zimmermann, D.: Geburtshäuser. Ganzheitliche Geburt als Alternative; Beck Verlag

Adressen, die weiterhelfen

Deutschland

Arbeitsgemeinschaft Freier Stillgruppen (AFS)
Rüngsdorferstr. 17
53173 Bonn
Tel.: 02 28/3 50 38 71
Fax: 02 28/3 50 38 72
www.afs-stillen.de

Arbeitsgemeinschaft Gestose-Frauen e.V.
Kapellener Str. 67a
47661 Issum
Tel.: 0 28 35/26 28
Fax: 0 28 35/29 45
www.gestose-frauen.de

Arbeitskreis Down-Syndrom e.V.
Gadderbaumstr. 28
33611 Bielefeld
Tel.: 05 21/44 29 98
Fax: 05 21/94 29 04
www.down-syndrom.org

Beratungsstelle für natürliche Geburt und Eltern-Sein e.V.
Häberlstr. 17
80337 München
Tel.: 0 89/53 20 76
Fax: 0 89/53 28 901
www.natuerliche-geburt.de

Bund Deutscher Hebammen e.V. (BDH)
Gartenstraße 26
76133 Karlsruhe
Tel.: 07 21/98 18 90
Fax: 07 21/9 81 89 20
www.bdh.de

Bund freiberuflicher Hebammen Deutschlands e.V. (BFHD)
Am Alten Nordkanal 10
41748 Viersen
Tel.: 0 21 62/35 21 49
Fax: 0 21 62/35 85 92,
www.bfhd.de

Netzwerk gegen Selektion durch Pränataldiagostik c/o Bundesverband für Körper- und Mehrfachbehinderte e.V.
Brehmstr. 5–7
40239 Düsseldorf
Tel.: 02 11/64 00 40
Fax: 02 11/6 40 04 20
www.bvkm.de

Bundesverband Das frühgeborene Kind e.V.,
Von-der-Tann-Str. 7
69126 Heidelberg
Tel.: 0 62 21/33 23 45
Fax: 0 62 21/31 50 65
www.fruehgeborene.de

Deutsche Arbeitsgemeinschaft Selbsthilfegruppen e.V.
Albert-Achilles-Str. 65
12167 Berlin
Tel.: 0 30/8 91 40 19

Gesellschaft für Geburtsvorbereitung Familienbildung und Frauengesundheit (GfG)
Dellestr. 5
40627 Düsseldorf
Tel.: 02 11/25 26 07
Fax: 02 11/20 29 19
www.gfg-bv.de

La Leche Liga Deutschland e.V.
Postfach 65 00 96
81214 München
www.lalecheliga.de

Netzwerk zur Förderung der Idee der Geburtshäuser in Deutschland e.V.
Kaiser-Karl-Ring 25
53111 Bonn
Tel.: 02 28/7 21 88 98
Fax: 02 28/7 21 88 95
www.geburtshaus.de

Österreich
Dachverband für Vorbereitung auf Geburt & Elternschaft c/o Nanaya – Zentrum für Schwangerschaft, Geburt und Leben mit Kindern
Zollerstr. 37
1070 Wien
Tel.: 00 43/1 523 17 11

La Leche Liga Österreich, Postfach
6240 Rattenberg
www.lalecheliga.at

Österreichisches Hebammengremium
Postfach 438
1060 Wien
Tel.:/Fax: 00 43/1 597 14 04

Verband der Still- und Laktationsberaterinnen (VSLÖ)
Lindenstr. 20
2362 Biedermannsdorf
www.stillen.at

Schweiz
Alliance Bund schweizerischer Frauenorganisationen
Marktgasse 36
3011 Bern
Tel.: 0 31/3 18 10 60
Fax: 0 31/3 18 10 64
www.bsf.ch

Dachverband Schweizerischer Mütterzentren
Wasserfuristr. 1
8542 Wiesendangen
Tel.: 00 41/5 23 37 06 01
Fax: 00 41/16 25 12 20
www.muetterzentrum.ch

Interessengemeinschaft Geburtshäuser Schweiz (IGGH)
c/o Anita Künzle, Geburtshaus Delphys, Vorstand IGGH-CH
Friedaustr. 12
8003 Zürich
Tel.: 01/4 91 91 20
Fax: 01/4 91 91 56
www.geburtshaus.ch

La Leche Liga Schweiz
Postfach 197
8053 Zürich
Tel/Fax: 0 52/2 43 11 44
www.stillberatung.ch

Forum Geburt, Beratungsstelle für Schwangerschaft, Geburt und Stillzeit
Asylstr. 46
8702 Männedorf
www.forumgeburt.interway.ch

Schweizer Hebammenverband
Flurstr. 26
3000 Bern 22
Tel.: 0 31/3 32 63 40
Fax: 0 31/3 32 76 19
www.hebamme.ch

Schweizerischer Fachverband für Geburtsvorbereitung
Dorfstr. 66c
5210 Windisch
Tel./Fax: 0 56/4 42 18 44
www.geburtsvorbereitung.ch

Register

Impressum

Redaktionsleitung: Doris Birk
Redaktion: Silvia Herzog
Lektorat: Dorit Zimmermann
Bildredaktion: Christine Majcen-Kohl

Fotos: Sandra Seckinger
Styling: Cathrine Eriksen
Weitere Fotos: I. Albrecht-Engel: S. 14, 40; Bilderberg: S. 8, 35, 93, 109,118; Corbis Stock Market: S. 84, 93; Geburtshaus München: S. 16; gettyimages/stone: S. 80, 116; IFA: S. 120; Initiative stillfreundliches Krankenhaus/unicef (D): S. 44; M. Leis: S. 67; Mauritius: S. 34; A. Peisl: S. 26, 33, 46, 48, 55, 77, 87, 96, 97, 101, 111; Picture Press: U1, S. 83; S. Reinichs: S. 58; Studio Schmitz: S. 69, 102; Superstock: S. 73, 113, 114; Baby Walz: S. 72, 75; Wort & Bild: S. 42

Umschlaggestaltung: independent Medien-Design
Innenlayout: Heinz Kraxenberger
Herstellung: Renate Hutt
Satz: Johannes Kojer, München
Lithos: Repro Ludwig, Zell am See
Druck und Bindung: Appl, Wemding

ISBN: 3-7742-3993-2

Auflage	4.	3.	2.	1.
Jahr	05	04	03	02

Wichtiger Hinweis

Dieser GU-Ratgeber bietet aktuellen und fachlich kompetenten Rat zu Schwangerschaft, Geburt und Wochenbett. Jede Leserin und jeder Leser muss sich bei vorbeugenden Maßnahmen und Selbstbehandlungen genau an die in diesem Buch gegebenen Anleitungen halten. Wenn Sie sich unsicher fühlen oder wenn unvorhersehbare oder unklare Begleitumstände auftreten, dann wenden Sie sich bitte an Ihre Hebamme oder Ihren Arzt! Sie sind verpflichtet, in eigener Verantwortung zu entscheiden, ob und wie weit Sie die in diesem Buch dargestellten Methoden, Pflege- und Vorbeugemaßnahmen anwenden möchten. Handeln Sie stets vorsichtig und verantwortungsbewusst.

Dank

Wir bedanken uns bei der Firma Ludwig Beck, München, die uns freundlicherweise Umstandsmoden und Herrenbekleidung zur Verfügung gestellt hat.
Dem Geburtshaus München e.V. (Nymphenburgerstr. 147a, 80636 München) danken wir dafür, dass wir Hebammenutensilien für die Fotoproduktion ausleihen durften.

Umwelthinweis

Dieses Buch wurde auf chlorfrei gebleichtem Papier gedruckt. Um Rohstoffe zu sparen, haben wir auf Folienverpackung verzichtet.

Das Original mit Garantie

Ihre Meinung ist uns wichtig. Deshalb möchten wir Ihre Kritik, gerne aber auch Ihr Lob erfahren, um als führender Ratgeberverlag für Sie noch besser zu werden. Darum: Schreiben Sie uns! Wir freuen uns auf Ihre Post und wünschen Ihnen viel Spaß mit Ihrem GU-Ratgeber.

Unsere Garantie: Sollte ein GU-Ratgeber einmal einen Fehler enthalten, schicken Sie uns bitte das Buch mit einem kleinen Hinweis und der Quittung innerhalb von sechs Monaten nach dem Kauf zurück. Wir tauschen Ihnen den GU-Ratgeber gegen einen anderen zum gleichen oder ähnlichen Thema um.

Ihr Gräfe und Unzer Verlag
Redaktion Gesundheit
Postfach 86 03 25
81630 München
Fax: 0 89/4 19 81-1 13
E-Mail: leserservice@graefe-und-unzer.de